U1076186

我和你的世界

The World for You and Me

玥原 著

九州出版社
JIUZHOUPRESS

图书在版编目（CIP）数据

我和你的世界 / 玥原著. —北京：九州出版社，2019.4

ISBN 978-7-5108-8003-2

Ⅰ. ①我… Ⅱ. ①玥… Ⅲ. ①科学幻想小说—中国—当代 Ⅳ. ①I247.5

中国版本图书馆CIP数据核字（2019）第069654号

我和你的世界

作　　者　玥　原　著
出版发行　九州出版社
地　　址　北京市西城区阜外大街甲35号（100037）
发行电话　（010）68992190/3/5/6
网　　址　www.jiuzhoupress.com
电子信箱　jiuzhou@jiuzhoupress.com
印　　刷　河北盛世彩捷印刷有限公司
开　　本　880毫米×1230毫米　32开
印　　张　8
字　　数　140千字
版　　次　2019年5月第1版
印　　次　2019年5月第1次印刷
书　　号　ISBN 978-7-5108-8003-2
定　　价　49.00元

★版权所有　侵权必究★

一

我今年已经七十岁了，可是我的脸还是三十岁时候的模样，丝毫没有改变过。

四十年前我下定决心要成为一名共同人，并且选择在我三十岁生日的那一天将自己的容貌永远定格。还记得那天的天气很好，我一个人在路上闲逛了很久。那是个让人感到异常孤独的时刻，有那么几分钟因为孤独可能造成的任何冲动行为都在我的脑海里闪现过，于是我想到必须要做点什么来释放这些冲动。

我忽然想起 O'Nate 最近的新歌，于是一个温柔的女声立刻在我耳边响起。

Do you want to listen to O'Nate's new songs ?

我回答，是的。

女声接着问，Please select the song you are going to listen to.

女声停顿了几秒，继续说：

Number one：*You Are My Machine*.

Number two：*Streets of World*.

Number three：*Reason With Me*.

Number four：*Hold Back The Tomorrow*.

我回答，Number four.

我确定这首叫作 *Hold Back The Tomorrow* 的歌一定是一首属于今天、属于现在、属于我的歌。

温柔的女声说，Thank you，the music will begin soon.

黑夜般寂静的几秒钟过去以后歌声开始响起，于是我的内心开始变得平静。

O'Nate 游吟诗人般的歌声像英雄幻化做的幽灵在我的脑海里飞舞游荡。她诵经般的吟唱迅速占领了我的整个身心，波澜不惊地将一群寂寞化身的魔鬼驱赶得无影无踪。我仔细聆听歌词就像是一名信徒在聆听经文，灵魂犹如一张薄薄的白纸被美妙的经文吹拂着，徐徐地飘起来又落下去。

I want to walk into the tonight, has turned cold

Hold back the tomorrow

What will become of you and I

We had a dream, don't let it die

Just hold back the tomorrow

作为一名狂热的音乐爱好者，我理所当然地成为Absolute音乐公司的高级用户。出于对忠实客户的感谢，Absolute音乐公司派人在我的耳朵里放置了一个“Nestle”音乐种子。Nestle是一种有机音乐产品，安装到耳朵里面以后会生根发芽最终和耳朵生长在一起构成一个全新的、内外协调统一的、功能更加丰富的听觉器官。想听音乐的时候，只要启动Nestle就可以通过大脑意念自由选择和播放音乐，进而享受到世界上现存的所有音乐作品。

拥有了Nestle，就等于拥有了音乐思想。

Nestle是化解我孤独的良药。十几年来，我就像一座会走路的人形雕塑在城市的街道里日复一日地穿梭，只有Nestle终日陪伴着我，让我的灵魂充满音乐，支撑着我空洞的肉体在孤独的世界里存在。

日复一日年复一年的生活从来没有让我觉得不舒服。我最喜欢的季节是春天和冬天，运气好的时候出门会碰到下雨看见雪花，运气不好的时候连续几天只有蓝天和白云。即便是在这条我走过无数次的路上，我也总是会驻足停留，观察周围大大小小的餐厅，仔细思考是该去吃晚饭还是去喝咖啡。如果吃饭，要去哪一个餐厅？吃什么？是点蔬菜还是点牛肉？又或者去咖啡厅喝一杯咖啡，咖啡要不要加牛奶？诸如此类的问题每天都堆积如山，琐碎无序的想法和念头就像空气里的细小尘埃，无穷无尽，漂泊不定。四海为家本是这些尘埃的宿命，但是我让自己成为专门收集尘埃的机器，它们附着在我的大脑和心脏上，从此不再四处游荡。思想的尘埃有了家便日复一日堆积得越来越多，慢慢地变成了一个沉重的隐形头盔整日被我套在头上，我戴着头盔在城市里奔波，非但没有把它当作负担，反而觉得它是一个我自己独创的可以用来自我保护的优良武器。

我想，也许在冥冥之中这种日积月累的空虚感注定要在某一天爆发，可是那又能怎样呢？我既不知道自己过去做了什么，也不知道未来要做什么。可是就在我三十岁生日这天，我的心中莫名其妙地涌现出一种想法、一种欲望和一种怀疑，这三种内心深处的体会演变成一种特别奇怪的感觉。我发现，我既没有盼望四季更替的渴望，也不明白凝望夜晚的星空和等待黎明的日出有什么意义，我既无法感受太阳升起时生活的力量，也体会不到日落时死亡般的落寞。在我被以往无数琐碎的想法和念头所包围以至于无法呼吸的时候，这些突然萌生出来的奇怪念头和怀疑成为我脑海里不断涌动的一波又一波浪潮，我意识到我必须要开始学做一个与以往不同的人，准确地说是要学习成为一名共同人。

二

我庆幸自己生活在一个以奉献为立命根本的世界里。

在这个世界里，人们善良、理智、美丽、能干、不喧闹、不沉默、不张扬。

在这个世界里，人们每时每刻都在履行“自愿”的义务——自愿选择、自愿奉献、自愿放弃、自愿牺牲。

在这个世界里，成为共同人是一项人类以奉献为使命进行的自身循环再利用的高级工程，是一种帮助人类高度进化的极致手段。成为合格的共同人，就是像我这样的普通人要努力的目标。

我要改变和塑造一个全新的自己，我要履行义务，我要成为一个共同人。有了这个想法以后，我兴奋得像脚底拧了发条，立刻冲进一家离自己最近的餐厅。我用最快的速度找了个靠窗的位子坐下，我为自己在一瞬间作出如此重大的决定而感到激动不已。当看到服务员向我走来的时候，我几乎要笑出声来，“请给我一杯咖啡和一份鸡蛋煎饼。”这是第一次我没有任何犹豫马上就点了自己想要吃的东西。

我打开随身携带的电脑，进入世界能源组织的系统，屏幕上出现的几行黑色大字像是配合着我的心情似的快乐活泼地跃入我的视线。

Share Yourself，Perfect Yourself.
分享你自己，完美你自己

Join Individual Potential Protection Plan，become mutual man，perform your service duty.
加入个人潜力保护计划，成为一名共同人，履行你的服务义务

Application click here
开始申请，点击此处

这就是我改变命运的开始，只需要用鼠标碰一下“开始申请”，未来的新生活就开始了。我怀揣兴奋激动的心

情用鼠标点击了这行字，一个纯绿色背景的画面立刻出现在屏幕上，紧接着绿色的页面上出现了以下文字：

《个人潜力保护计划宣言》简称《共同人宣言》，也就是我们通常所说的M计划。开始申请前，请您仔细阅读本宣言。

《共同人宣言》

（M计划）

尊敬的申请者，

长久以来，总有一类人为了保障自己的价值常常从另一类人身上获取可用的资源，这种索取无度的行为以各种各样的形式在历史上出现过，成为臭名昭著的人类污点，他们圈养专门供人采血的血奴、供人繁殖后代的母种，还有向有病的富人提供器官的肾奴、心奴、手奴、脚奴，等等。幸运的是，人是兼具极度聪明和愚蠢的动物，这种动物常常会在穷凶极恶地追求欲望的过程中悬崖勒马，然后再千方百计地阻止自身悲剧的发生。人是自身悲剧的始作俑者，也是自身幸福的缔造者。

过去的一百年来，我们遭遇数以万计的资源危机和生存问题。面对这些危机和问题，各国人民友好地达成了一个共识，那就是每个人只有牺牲自己的一部分，才能换来全人类多一天的生存。于是我们成立了“共同能源优化部”统一管理世界上的一切资源。

为了保护现存的资源、应对各种危机，共同能源优化部开创了“共同人”概念，建立了“个人潜力保护计划”，起草了《共同人宣言》，过去的无数个小世界因此变成了如今的共同世界。

我们用 M 计划改变了一切。我们深信，人已经无法再随心所欲地占有或者放弃任何东西。我们史无前例的先进创造者们明白了只有人本身才是一切价值的源头。为了让人类能够在复杂多变的自然环境中生存和进化，每一个人都需要通过奉献来完善自己，进而成为一名合格的共同人。

时至今日，对人来说，最大的挑战不是主动占有而是主动放弃，当你选择放弃时就意味着拥有。

M 计划是一个无关乎财富地位的公平制度，是一个有利于全人类资源利用的壮举。财富的作用在如今的世界里已经微乎其微，用金钱获取一切优质资源的野蛮时代一去不复返，那些曾经聪明绝顶的精英后代早已经在一百多年的社会发展进程中失去了创造价值的能力，他们从祖先身上继承的优质基因早已经因为缺乏竞争力而退化消失，他们只会不停地消耗剩余的优质资源，最终沦为一群华丽的废物，因此任何个人所有的物质财富将不被作为个人潜力受到 M 计划的保护。

M 计划所保护的“个人潜力”包括超常的智力，健康的身体，年轻的容貌，良好的生育能力，卓越的特长，具备高尚道德情操的人格大师，对社会做出巨大贡献的工作者比如医生、设计家、音乐家等，以及其他经过评估被认定为具有独特价值的个人潜力。

M 计划的核心就是，先成为一名共同人，然后用自己过剩的资源换取自己最所需的资源，通过牺牲自己有限的资源保障自身最重要的潜力。每一个二十岁以上六十岁以下的普通成年人可以通过递交申请加入 M 计划，寻求最多两项的个人潜力受到保护。经过共同能源优化部审核批准以后，申请人将成为正式的共同人。合格的共同人要严格按照要求履行责任和义务，也就是说，共同人必须按照要求定期把自己的资源奉献出来，只有这样自身潜力才能获得长期的保障。

M 计划在世界各地设置了大量分支机构，监控共同人和普通人的资源消耗。针对还没有主动加入 M 计划的普通人群，共同能源优化部会限制他们在日常生活中各项资源的使用，时刻提醒他们去思考：在你的有生之年，你要为了留住什么而放弃什么？

M 计划是普通人进行自我升级和自我进化的主要方式，是所有共同人都要履行的责任和义务。

这是循环相生物极必反的结果。若出者，必须创造出更大的反极才能入；若存希望者，必须要遭遇更大的绝望才能心存希望；若要完美者，必须接受更加的不完美才能升华为完美者，而这个完美者就是共同人。

自愿放弃的行为是最残忍也是最高尚的，这也正如尤金·扎米亚金所说：

天堂里的那两位必须做出选择：或者没有自由的幸福，或者没有幸福的自由，中间道路是没有的。(《我们》)

感谢您的申请，期待您成为一名合格的共同人。

世界能源组织

共同能源优化部

个人潜力保护计划组

毫无疑问，这是一篇极具煽动性的宣言，我感动极了。我仔细读了一遍又一遍，一个字也没有落下，心情随之起伏变化，我觉得自己马上就要投身到这项关乎全人类和全世界的伟大事业中去了，我的脑门涌上来一股热血，这股热血让我恨不得立刻把自己的灵魂和肉体丢进《共同人宣言》所打造出来的熔炉里，我要让熔炉里的火焰把自己的一身血肉之躯熔化成钢铁之水，融入了血肉的钢铁之水会被灌进一个叫作共同人的模具里，模具的参数规格早已经被提前设定完毕，姓名遥远，性别女，年龄三十岁，身高一百六十八厘米，体重四十八千克，肌肉线条优美，容貌五官按照黄金标准比例打造，同时配备富于幻想的头脑和美好的心灵。等到模具里的钢铁之水凝固成形了，就会有一个全新的我走出来，然后开始崭新的生活。

幻想是解放内心枷锁的钥匙，有了这把钥匙，我有信心为成为合格的共同人而努力前进。

我的眼睛继续盯着电脑，按照屏幕上的提示，我开始填写 M 计划申请表。

姓名：	遥远
年龄：	三十
国籍：	中国
职业：	秘书
婚姻状况：	未婚
身体状况：	健康
家庭成员：	父母健在

请选择两项需要申请保障的个人潜力：

1. 寿命
2. 年轻
3. 生育
4. 工作
5. 天分
6. 身体
7. 其他

我身上有什么可取之处呢？我从来没有仔细考虑过这个问题，现在马上就要在自己身上找出两处有价值的地方似乎很勉强。我是一个到三十岁也没有显露出超群智力和卓越才华的人，既没有拿得出手的特长，也没有引以为豪的工作。一想到这些，刚才那股要迫切改变自己命运的冲动就像一块冒着白色冷气的冰块被突然淋上开水，尴尬地化成了一摊无色无味的水，连反抗挣扎的力气都没有。但我不是一个容易气馁的人，我告诉自己，一个人尚且年轻的身体就是无价的。我不屑于和天才比高低，当年轻健康的肉体不复存在，那些所谓的潜力不外乎就是肉体上的装饰品，就像古埃及大祭司霍尼吉提夫木乃伊身体上的护身符、珠宝、项链和辟邪物。这具价值连城的木乃伊让后人着迷的可不仅是存放干尸的华丽棺木和棺木里面的无数珍宝，更是人们至今不敢探究的被亚麻布层层包裹着的那具干尸本身。

肉体本身的价值远远大于依附于肉体而存在的精神和物质价值，因为肉体是与之相关的一切的主人，是支配一个人一切潜力的上帝。如果肉体消失了，与肉体有关的精神遗产和物质遗产将被后人如何对待？它们会被无休止地研究探索，成为那些建立丰功伟绩的人的证据，被后人歌功颂德顶礼膜拜，又或者成为那些遗臭万年的恶人的赃物，被后人唾弃辱骂。而像我这种资质平庸的普通人，死后留下的蛛丝马迹恐怕非但无人问津，反而更会遭人践踏，既然如此，自卑自己各方面的无能实在没有多少意义。

我用自己琢磨出来的道理说服了自己，于是接下来该如何选择已经了然于心。如果允许我再多选一项，我会考虑“生育能力”。正当我在身体、年轻和生育这三项潜力保障里举棋不定时，内心的一股力量突然冒了出来，它趴在我心房边上小声告诉我，子宫是你的，生育是任何时候都不能被剥夺的权利。没错，它说得对，生育不应是一种需要被强加保护的潜力。于是我不再纠结了，我放弃了“生育”，选择了“身体”和“年轻”。

我为自己最终的选择而感到羞愧，我觉得自己是个粗俗肤浅的女人，我的心情莫名其妙地再次回落到低谷。不过我要强迫自己愉悦起来，因为要顺利完成接下来的工作需要我时刻保持做填字游戏时的愉快心情和冷静头脑。

电脑屏幕已经切换到人声系统，屏幕发出了一个和我耳朵里 Nestle 一样温柔的女性声音，她就像是一位坐在对面给我念书的女老师。

“尊敬的遥远女士，您申请的个人潜力保护项目为‘身体’和‘年轻’两项，属于 V 项目保障范畴。我们提供的 V 项目服务包括以下内容，请在听到我的提问后，回答是或者不。”

你是否愿意每年享受一次最先进的身体检查和美容

技术？

我回答，是。

你是否愿意每年使用一次整容？

我回答，不。

你是否愿意终身使用最先进的保养品直到去世？

我回答，是。

……

我像小学生巴结女老师一样，认认真真地回答了几十道问题。就在最后一个问题宣告结束时，女老师温柔亲切的声音突然变成了修女呼唤灵魂时的高贵语调，我因为放松而低下去的头又抬了起来。

“世界能源组织为你提供的所有服务都需要使用共同世界的自然资源和人造资源，因此我们需要每一位申请者自愿贡献出自己的三种资源作为获得保障服务的条件。请在听到我提问后，回答是或者不。”修女说。

你是否同意贡献水？

我回答，是。

你是否同意接受用电限制？

我回答，是。

你是否接受食品使用限制？

我回答，是。

……

前代社会里，一个三十岁的成年人，正常情况下一生要喝一百四十吨水，消耗三吨牛奶、一吨肉、七百只鸡、一万只鸡蛋、两万只橙子。他们过着一种热衷购买、沉迷物品堆积如山和被消费主义奴役的落后生活。如今不一样了，我们奉行的是一种先进的少而精的生活方式，任何一件多余的物品都会成为我们心灵的负担、肉体的枷锁和前进的阻碍。

我们把过剩的生活资源用来换取 V 项目里的保障是无比划算的。

我只需要花费一点点力气计算如何用最少的水洗澡做饭煮咖啡，如何用最少的电支撑房间里所有的电器，不过最重要的还是要学会如何用最少的食物生存下去。在人们经常食用的一百多种食物中，我只能选择其中最普通的十种作为自己的日常食物，而且我要保证不会因为营养不良而过早死亡。我父母各自的家族都不存在重大的遗传疾病史，理论上推算我的寿命应该可以达到八十岁以上，所以饮食单调应该不是太大问题。

除了生活资源我一无所有，我无法像另外一些人那样通过透支自己的劳动、才华和智力去换取未来的保障，我只能透支生活资源去换取 V 项目的保障。

修女像是计算好了我的思考时间，恰到好处地又问了一次“请回答是或者不”。

想必无数的申请者此时此刻都会和我一样，面对这些问题无从下手，他们能够保护的只有自己的身体和年轻、能够支付的也只有自己的生活资源。一想到有无数毫无才能的普通人和我一样正在纠结同样的问题，我的心中就涌起一股温暖，这温暖打败了所有的孤独，使我有生以来第一次拥有了融入某个大家庭的自豪感。

经过一番仔细的思考和计算，我自信地对修女提出的所有问题一一给出了明确回答。修女的声音又恢复了女教师的温柔亲切。

“您的M计划V项目申请将递交给共同能源优化部进行评估。如果申请通过，您将成为一名合法的共同人并且获得为您本人提供的保障服务。申请结果将在一周后告知，再次感谢您申请M计划。”

电脑里戴着面具的女老师话音刚落，屏幕上的窗口就自动关闭了，电脑又恢复了初始状态。我就像潜入水下许久的潜水员，冒出水面时骄傲地张开嘴深深地呼吸了一口气，总算完成了一件大事。

三

从餐厅里走出来的时候，我已经不再是我了。

外面的街道还是老样子，美轮美奂的城市里到处都遍布着我的足迹。我会在春天的鲜花丛中漫步，会穿着短裤在炎热的夏天去海边散步，但我最喜欢的还是在秋天的时候看着红色的枫叶在眼前徐徐落下，还有冬天下雪的时候路边堆砌的雪人。

但是我和共同世界里的所有人一样，从来都没有见过一年四季真正的样子。我们有过一个目击者，他是最后一个亲眼见证过春夏秋冬的人，不过这个人也在去年去世了，享年一百六十岁。

虽然没有准确的时间记载，但可以肯定的是八十多年前世界就已经是这样了。听我父母说，从他们父母的那一代开始春夏秋冬就已经变得模糊不清了，但是依靠时钟的计算和提醒，人们依然能够准确无误地知晓当下的季节和时间，自欺欺人地过着日出而作日落而息的生活。

世界能源组织为了保护仅存的自然资源，防止原始的自然景观被进一步破坏，便倡议全世界所有国家建立“共同”概念、实施“共同”计划。设计家们先用技术手段设计出逼真的自然景观，然后再由科学家们进行户外环境的人工再造，他们不断尝试模拟变化莫测的景观，他们制造白天与黑夜，他们制造日出日落，他们制造云起云舒，他们制造潮起潮落，他们制造花开花谢，他们制造风、制造雨、制造雪，他们让每个季节的户外景色、气候和温度都按照设计的程序在一年中的规定时间里统一进行切换，最终实现全世界的人们在不同的地方共享一个季节、一个天空、一个太阳、一个月亮和一个星星。从此以后，我们便生活在一个春夏秋冬都相同的共同世界里，我们也就成为这个世界里的共同人。

这是一项史无前例的超级感官体验，它能带给人们无与伦比的真实感受。可是日复一日年复一年，随着时间的推移，人们向往和探索真实世界的欲望渐渐地降低了，人们不再关心甚至不记得曾经存在过的真实世界，人们接受了人造世界就是真实的世界。

和所有的人一样，我一生下来看到的就是这个被人类设计出来的亦真亦幻应有尽有的世界，可我就是没有前代人在书里所描述的那种对四季更替的渴望，也没有仰望星空和日出的情怀。我们过着无声可去听、无味可去闻、无物可去摸的日子，对真实感受的长期匮乏让我们的思想变得懈怠停滞，我们变得容易忘记过去，更不会过多地憧憬未来。

对生活环境的不真实所产生的怀疑源自我身心日趋成熟后的体验和感悟。少年时期我一度以为自己疯了，成日抑郁暴躁，总觉得生活里有一些想不通可又说不清楚是什么的事情，这种状态一直持续到二十五岁。后来我逐渐认识到，在这个世界里只有我自己的肉体和思想才是真实的，真实的我和外在的环境总是格格不入才是我一直痛苦的根源。我有一种把自己的肉体、思想与真实的环境融为一体的渴望，可这种与生俱来的渴望如同一只潜伏在我体内的凶猛野兽被痛苦地压抑着，直到我三十岁这天才被释放出来。

我的肉体是真实的，但它只是作为一个假体而存在于共同世界。共同世界就是一个容纳像我这样无数假体的容器，而我只是其中一个微小的组成部分。我无法想象自己内心的真实渴望被永远放置在人肉假体里，当假体一个个衰老腐烂，容器却复旧如新地等待放入一批又一批新鲜的假体。

我小时候常常读古代作家威尔斯写的《时间机器》，书里说未来人类会进化成地上和地下两种人类。地上人靠地下人创造生产资源供养他们，而地下人通过抓捕、食用和使用地上人来满足自身生存和发展的需要。地上人每天过着单纯快乐的生活，他们和平共处，善良地对待彼此，可实际上却是地下人圈养的“食物”。我因为喜欢这个故事，便也自然而然地迷恋故事的作者，我甚至迷恋到有朝一日自我了断，到天堂与他相见。我喜欢作者对未来世界的想象，而且我越来越相信共同世界里也一定存在着两类人，这两类人一定生活在完全不同的世界里，这种不同不应该只局限在地上和地下两个不同的居住环境，也可能会是不同的人性、不同的思维方式、不同的生活方式，以及其他因为更多差异而产生的不同世界，那将会是我们无法想象的地方，生活在那里的人一定正在按照独特的生存法则建立属于他们自己的独特世界。

我们的共同世界里一定隐藏着一个完全不同的地方，那里有一群拥有独特思想意识的人，有真正的春夏秋冬，有真正的蓝天白云，有真正的鸟语花香。在那儿，能闻到香甜的味道，能听到河水流淌的声音，能感受雪花在手中融化的冰冷和刺激。

四

一周后我收到了来自共同能源优化部的通知，我的 M 计划 V 项目申请通过了。从此以后我要开始学习建立共同人的生活方式，我要习惯和适应各种资源的限制。如果我的生活用水超标，水会自动停；如果用电超标，电会自动断。当我去商店买东西的时候，会有系统提醒我本日已经消耗了多少食物，服务员会根据系统提示决定是否将食物卖给我。最初我常常忘记“节省”这件事，头半个月的日子不是一天没水喝就是两天没有电用，后来我用笔把水、电、食物的最低用量精确地记录下来，小心翼翼地按照规定数量使用，避免发生任何因为透支而导致的意外。

我还要接受每周一天的停电生活。每次停电的前一天，我房间里的监控器都会发出语音通知：本周停电日为三月五日星期四。通常我会在这一天到来之前把家务做完，然后将所有电器设备设置到关闭状态。停电这天来临的时候，我会在房间里摆上几根蜡烛，然后静静地坐在蜡烛旁边，除了有些寂寞，倒并不觉得难过。我常常在这个时间里思考共同世界对我的意义，我想每个参与到M计划V项目里的共同人都是敢于与生存做斗争的英雄，在这场斗争里，大家都在用一种最原始的状态挣扎求生，我们不仅求得了生存，还让自己变得更加完美，这是何等的英雄之举。我懂得了在生存环境无法选择的情况下通过奉献和牺牲自己谋求一条出路的意义。

我每个星期都会收到共同能源优化部统一配送给V项目成员的产品，比如药品、仪器以及其他一些我叫不出名字的东西，慢慢地我感觉到自己的身心发生了变化，我相信一切都在朝着预期的方向发展，身体变得更加健康，容貌变得更加年轻。这种感觉很奇妙，怎么说呢，这是一种在奉献的过程中得到升华的感觉，我感觉我的全部身心都融入了社会和人类。我的内心感受和肉体体验告诉我，M计划的伟大初衷已经实现了，我已经完全习惯并且开始享受这种克勤克俭和一丝不苟的生活，我让房间里的每一滴水和每一束光都在倾其所有地奉献。在我的家里，一滴水就是一片海，一束光就是一个太阳。

五

加入M计划满一年后的某一天，我收到了一封来自M计划组委会的邀请信，内容大致是说M计划组委会要专门为V项目成员举行一个周年聚会，目的是让成员分享V项目的体验、传播M计划所推动的共同资源互助思想。周年聚会的地点设在日本东京。

2117年6月1日，我站在了东京世界中心大楼的门口。东京世界中心大楼是一座外形神秘的灰白色巨大建筑，造型如同DNA双螺旋形状，两条反向平行的链状结构相互缠绕缓慢旋转，优雅地伸向天空。大楼外面虽然没有任何装饰物，却由内而外散发着月光般的神圣华彩，远远看上去犹如一条耸立在地面的闪着微微银光的白色巨蛇。

这是我第一次来日本，东京世界中心大楼是我最渴望看到的景点。我喜欢印象中的日本，我通过阅读大量日本作家写的书来了解日本文化，可是对传说中的日本美景却毫无兴趣，因为古书里描写的日本只存在于久远的过去，现在的日本应该比古书上描写的过去要美好得多。不仅是日本，全世界任何国家的户外景观都是共同人按照古代和前代的艺术家所描绘的历史世界而设计的，就像莫奈《日出》里的日出，太阳在晨曦的薄雾中朦朦胧胧但又赋予了水面无限的光辉，所以共同世界里任何地方的日出大致都是这个样子；再比如凡·高的《向日葵》，我们没有见过向日葵，但是凡·高让我们知道它是一种颜色艳丽充满活力的植物，所以世界上很多地方都会出现和凡·高画里一模一样的向日葵；还有科尔的《牛轭湖》，我们认定画里的一切就是曾经在真实世界里存在过的湖水、森林和乡村，所以在共同世界你会看到很多和《牛轭湖》里布局相似的湖水、森林和乡村。

我们为共同世界里没有真实和原始的自然景色可以被创作和描绘而感到遗憾，我们的世界里没有画家、没有雕塑家，也没有作家，但是我们前所未有地拥有大量才华横溢的“设计家”。这些设计家虽然缺少前代人的“幻想力”，但是他们智力超群，具备强烈的审美鉴赏力，他们能够从前代人遗留的作品中提炼出最具审美意义的部分，再按照共同世界和共同人的审美需求进行二次设计、三次设计、四次设计乃至无数次的再设计，从而制造出属于我们的艺术品。

川端康城的《花无眠》里写道，“自然的美是无限的。人感受到的美却是有限的，正因为人感受美的能力是有限的，所以说人感受到的美是有限的，自然的美是无限的。至少人的一生中感受到的美是有限的，是很有限的，这是我的实际感受，也是我的感叹。人感受美的能力，既不是与时代同步前进，也不是伴随年龄而增长。”

这段话用在共同人身上非常合适。共同人感受到的自然美是微乎其微的，所以设计家制造出来的美是一种超越真实的超完美，东京就是一个绝好的证明，它被设计得唯美、空寂、荫翳，城市里的一切都遵循着日本美学的物哀，幽玄，宅寂，意气。我猜东京世界中心大楼也一定是设计家们借鉴了前代大文豪古崎润一郎的《阴翳礼赞》而创造出来的，它避离阳光、没有任何装饰、精妙的阴翳浓淡、光晕的巧妙释放，不仅如此，据说设计家还在这座大楼的建筑材料里融入了某些有机生物材料，这些有机生物材料与建筑融为一体，它们彼此作用滋养着大楼，赋予了大楼一种独特的神秘动感和生命力，使它成为共同世界里一个无与伦比的建筑艺术经典。

东京的街道满是盛开的樱花树，白色的、粉色的、紫红色的……想必这些粉色瀑布般的樱花也包含了设计家对樱花历史的全部浓缩与反映。走进樱花树林里，仿佛走进了一个粉白色的梦。在这梦里，我化作板口安吾笔下的女鬼，我要在这一棵棵美丽得让人毛骨悚然的樱花树下寻找痴情的山贼，我不相信如此美丽的樱花会是恐怖的所在。樱花树林中的一棵是小泉八云的十六樱，那是一颗武士可以为之去死的樱花树，武士将自己的灵魂献给了十六樱并赋予它新的生命，他相信人的灵魂可以浇灌滋养樱花的生命。我的梦和这些关于樱花的故事重叠在一起，我的头有些昏昏沉沉，可是眼前突然出现的景象又把我代入另一个梦里，之前大片粉红交错如火烧云的樱花树不知何时变得暗淡模糊，所有的樱花开始不约而同地慢慢飘落下来，无穷无尽的花瓣在空中纷飞如雪，它们被清风吹拂着轻轻舞动，伴随着风的律动又自然而然地被编织成一个粉白色的帷幔，这帷幔创造了我的梦又笼罩着我的梦。落在地上的樱花渐渐地越积越厚，我的梦被厚厚的樱花之海覆盖着，而我的肉体也一同被樱花之海淹没埋葬。

这种超越真实的美让我神志不清，我不自觉地伸出手想要去抓住那一片片的花瓣，就像一个因为饥渴而失去理智的人看到眼前突然出现的瀑布迫不及待地想要冲上去接一捧水。我看看了手心，什么都没有。

“傻瓜！”一个突然出现的声音打断了我的沉思。我看到一个年轻的男人站在面前。

“嗨！傻瓜。”他继续说。

我感觉自己的隐私被侵犯了，心里很不舒服。我没有接这个男人的话岔儿甚至都不想多看他一眼，只想尽快离开。

“喂，等等。”这个男人说的是日语，“那些樱花都是假的，你不知道吗？”他试图缓和不愉快的气氛。

“我知道，那又怎么样？”我一定要用脑子里仅有的日语词汇回答他才能让自己感觉没有输给他，这就是我性格深处的弱点，既不屑于跟陌生人交流，又总是担心自己在陌生人面前出丑。

“原来是一个很浪漫的人！”男人见我搭了他的话，就开始放肆起来。

“怎么了？”我预感到自己的愤怒很快就要爆发，因为他说话的语气和态度是那么盛气凌人，但是这种愤怒距离爆发的临界点还差一点儿，我渴望他继续挑衅直到火候合适挑起一场正式的战争。

“你刚才的样子好像把樱花当作情人一样，看起来很傻。”男人自以为女人掉入了他的圈套，幸灾乐祸地说。

男人最终没能点燃我的怒火，因为所有的对话在突然之间变得索然无味，我对自己的怒火平息得如此之快感到失望。我决定不再理睬他，于是转身离开。

我看看表，离活动开始还有半小时。就在我即将进入世界中心大楼的时候，突然发现刚才那个男人正跟在我后面也准备进入大楼。我转身看着他，只见他手里拿着一张白色卡片像挥舞手帕一样对着我挥了挥，原来他拿的是和我手里一样的邀请信，他也是参加这次活动的共同人。

刚才的事情已经让我对他产生了恶感，所以完全没有见到共同人的亲切感，我敷衍地对他笑了笑。

“原来如此。”我说。

“你好！”男人假装真诚地说。“你是日本人吗？”他又问我。

“不是，我是中国人。你是日本人？”我冷淡地说。

“我是日本人，我以为你也是……那刚才实在是太抱歉了，有失礼的地方，请原谅。”他面露尴尬地说。

“没什么。”我淡淡地回答。

以我的日语水平想要再与他做深入的交流恐怕很困难，所以还是不想再继续跟他多说什么了。我东张西望地朝周围看了看，故意表现出不耐烦的样子，希望伺机与男人分道扬镳，从此各走各的路。不过有一类男人极其擅长洞察别人的心思，这种洞察力既不是父母看透子女的心思，也不是夫妻看透彼此的猜忌，更不是朋党看透对方的算计，而是对陌生人、陌生的环境和陌生的状况所表现出来的看透本质的能力，这个日本男人就是这种洞察力极其敏锐的聪明男人，他具有一种“变无意识为有意识”的能力。

“我不会中文，那我们说共同语吧。我是一个人来的，你也是吧。”他笑着说。

“你怎么知道我是一个人？”我不屑地看着他说。

“如果不是，你就不会做刚才那种傻事，碰到陌生人也不会那么紧张。”他说话的时候眉毛上扬，洋洋自得，那种奇怪的样子就像是有另外一重人格从他身上分离出来。

共同世界里的每个人都会说共同语，不过有些人说得好，有些人说得差。我们从小开始学习母语、共同语还有其他语言。创造共同语的目的是为了实现共同世界的统一交流，不同国家的人在无法使用母语的环境中可以使用共同语，以便解决一些棘手的问题。

共同语是一种融合了弗里斯兰语和意大利语的语言，因为弗里斯兰语可以和英语互换，而意大利语只有二十一个字母而且语法简单容易朗读，具备这两种语言优势的共同语非常简单易学。除了母语和共同语以外，我们通常还会学习其他语言以便满足更深层次的需要。眼下这个处境，我与日本男人之间说共同语是最好的选择。

我用三十秒的时间迅速且小心翼翼地把日本男人从上到下仔细打量了一遍。圆脸，小嘴巴，五官线条既不分明也不硬朗，嘴角总是挂着一副若隐若现的微笑。他明显不属于偏欧式的亚洲男人脸，他拥有一副日本浮世绘里标准的传统日本男人的长相，武士一样的圆脸，眉毛上挑，单眼皮，眼神柔和，嘴唇薄，嘴角线条明显，虽然年纪不大，但气质深沉，脸上没有丝毫的矫揉造作却暗藏挑衅与不羁。

他高高的个子，身材颀长挺拔，不说话不走路的时候，就像一座伫立在地面上的塑像，冷漠，孤傲。不过最吸引我注意力的还是他脖子后面那块被修剪得整齐干净的发际，那里的头发自上而下由厚到薄，由深到浅，摸起来手感毛茸茸的。据说日本男人从古到今对女人的后颈部位都很迷恋，但是对于我自己为何会对男人这个部位如此痴迷，原因无从知晓，只当也是女人的一种“色气”罢了。很多哺乳动物在幼年时期还没有完全活动的能力，母兽都是通过用嘴叼住幼年个体的后颈来转移它们，每当母兽咬住幼体后颈的时候，幼体都会表现得相对安静。也许女人面对男人都会表现出母兽的天性，而男人的后颈就是激发女人隐秘兽性的一个重要部位。

日本男人脖颈后面的发际让我联想起多年前分手的男友，他的这一处部位也让我疯狂迷恋过。我无数次地抚摸亲吻过他那里的头发，有时候我会从背后搂住他的双肩，把脸紧紧贴在他后颈的肌肤上，用力闻着沐浴过后遗留在那里的香波味道。他的头发剃得短短的，又薄又细又软，触碰到我脸的时候有一种毛茸茸的微痒。有时候他坐在沙发的一头，我躺在沙发的另一头。我用脚轻轻摩挲着他的脖子，脚趾拨弄着他后颈那里的短发。不一会儿，他闭上了眼睛，像是在享受又像是在忍耐……时至今日关于前男友的全部记忆，似乎只有这些。

“我长得很普通是吗？”日本男人发现了我在“偷窥”他，他敏锐的洞察力又一次发挥了作用，这使我觉得自己随时都有被看穿的可能。

“需要我评价一下你吗？”他话锋一转问起我来。

“不需要，谢谢。”他这种与陌生异性相处的老练娴熟刺激了我脑子里的某条神经。我想到一个问题，这个问题如同一根藤蔓在我心里快速生长。藤蔓上的无数小分叉迅速扩散到五脏六腑，它们疯狂地向上拼命攀爬寻找出口，最终从我的嘴里冒了出来。

“能告诉我你的年纪吗？”我的嘴像被藤蔓控制住了似的不由自主地问道。

“你说什么？”听到我的话，日本男人有些吃惊。

看到他对这个问题的反应这么大，我瞬间获得了报复的快感。我的心脏轻轻颤抖了一下，它此时正躲在暗处，代替我的脸偷偷地笑。

“你多大了？”我又问了一遍。

我预感他的回答一定就是我想要的。

“你先告诉我你多大了？”他低着头沉思了几秒，接着对我说道。

呵呵，看来这个问题让他很不自信，他越是拖延回答，我就越是觉得自己胜券在握。

“三十岁。”我充满自信地说，然后静静观察他的反应。

“真年轻。我嘛，六十五岁了。”日本男人淡定地说

果然是个上了年纪的共同人。

我那颗躲在暗处的心脏，又一次代替我的脸得意地笑了。

不过他的脸使我对M计划的惊人效果深感震惊。

“身体好吗？”我明知道这个问题更加冒昧，但还是忍不住想问。

“什么？身体好吗？你难道看不出来吗？”他傲慢地耸了耸肩膀，像是故意在用身体来吸引我的注意力，“我可不觉得我的状态比你差，也许某些方面比你更好。”他笑着说，左嘴角微微上扬了一下。

我故意不说话，然后光明正大郑重其事地从上到下又把他仔细打量了一遍。皮肤看上去有光泽有弹性，呈现出一种自然的米色，举手投足敏捷且富有活力，再配上一张年轻人才会有的阳光灿烂的脸，看上去一切都那么青春，健康，充溢着浓浓的年轻男性的荷尔蒙气息。可是他的内心，一个六十岁男人才会有的沧桑世故的内心出卖了他

的年龄，即便是再超级强大的M计划，对此也是无能为力的。

“我不知道，因为看起来年轻不等于真的年轻。”我说。

“你这是幸灾乐祸吗？总有一天你也会和我一样。”他笑着说。

我确信日本男人是一个幸运的人。终有一天，我也到了六十五岁的年纪，看起来也是这般年轻，但在面对一个询问自己年龄的三十岁男性的时候，我会像他一样如此坦荡地告诉对方吗？我内心的狭隘一定会让自己胆怯，我害怕对方好奇的眼神，我害怕对方直截了当地提问：“你身上的皮肤和你的脸一样年轻吗？”紧接着我会陷入忙于应付的尴尬境地，会变得狼狈不堪。

胡思乱想一直是我的强项，这也成为我与他人交往的最大阻碍。间歇性的心不在焉其实都不是我的本意，只是脑子里的天马行空总是让我不够专注。唯一可以用来划分我思想状态的工具就是床，躺在床上的时候是一个我，下床以后是另一个我，白天的我被脑子里胡思乱想的念头推动着向前行走，晚上的我被静止的肉体支持着努力做着千奇百怪的梦。

不过我的注意力障碍症被日本男人完美地跨越过去了。我们同为共同人，但我跟他好像是来自两个不同世界的人，如同装在一个容器里的水和油，永远无法进一步也无法退一步，不会喜欢彼此也不会伤害彼此。

“但愿我们有很多共同话题可以谈。”日本男人一边说话一边整理身上的衣服。他穿着一件质地高级的白色长袖衬衫，挽起的袖口里露出灵活纤瘦的手腕，这种细微之处的美感让他显的愈发年轻。

“会议还有一会儿才开始。”日本男人用眼神暗示我跟他一起进入大楼。我稍微犹豫了一下，跟在他后面进去了。

一进入大楼，展现在眼前的就是巨大的圆形大厅。大厅被一种温柔的黄昏色笼罩着。大厅中央摆放着四面超大尺寸的日本屏风，屏风上面是黑白两色线条勾勒出的图案，图案明暗层次丰富，像山川，像流水，像乌云，总之是一种来自大自然灵感的抽象图案。这四面屏风上的图案随着大厅黄昏色光线的改变而不停地发生变化，观众就像置身于立体主义派的名画里，成为画中的一个点，一条线和一片阴影。这种意境上的高超营造比室内的奢华摆设更加让人舒服，我禁不住在内心感叹日本设计家的厉害。

我继续在大厅里闲逛，走着走着，发现在不远处正前方的墙壁上挂着一幅奇怪的画。这幅画是长宽高三米左右的正方形，用黑色画框装裱着，从远处看像油画，可恍惚间又总是感觉画面在不停地发生细微的变化，和那四面屏风有异曲同工之妙。待我好奇地走近些，盯着画面仔细观察，发现画框里填满了一种深红色细沙状的疏松物质，在这些疏松物质中间有一朵红色的花，这朵红花一会儿盛开一会儿闭合。我伸手摸了摸深红色细纱的疏松表面，是一种质地黏重的粉状物质，这就是泥土，真正的泥土早就不存在了，这是设计家设计出来的泥土。距离这幅画不远处，还挂着一幅更加摄人心魄的作品。这幅画用灰白色的金属框装裱着，由于尺寸比刚才的那幅大一倍，所以画面里的东西无须走近就能够看得清清楚楚。我之所以叫它为“东西”，是因为它像一团无形的生命体。这生命体既是一团浓重的烟雾，又是一个黑色的旋涡。它无形似有形，扭动着，变化着，神秘诡异又迷惑人心。它被银白色的画框束缚禁锢，无法挣脱出去，就像一只落入牢笼的黑色灵魂鸟。

“觉得怎么样？”站在我身旁的日本男人说，“这是我设计的？”

“画里是什么？”我问他。

“它是我小时候的伙伴。”他说。

六

我看了看表，快八点了。

“女士们、先生们，我们的活动马上就要开始了。”突然有一个男人的声音从遥远的房顶传来，“请大家在大厅中间集合。”这个声音继续说。

大厅依旧被温柔的黄昏色的光笼罩着，但光线开始发生明暗变化。一些人陆陆续续地从暗处冒了出来向光亮处聚集，他们就像一群失去遮挡物后暴露在阳光下的蚂蚁，整齐有序地向大厅中央移动。我和日本男人也跟着人群向大厅中间走去。人们聚集在屏风周围上下左右四处观望，试图寻找男人声音的来源，可最终谁都没能发现声音到底来自何处。

“你享受共同人的生活吗？”我问日本男人。

“开始的时候当然有各种恐惧和担忧，但是任何一个加入M计划的申请者都有自己的终极目标，它会帮助我克服这些困难。”他说。

“那你的终极目标是什么，我是想说，你为什么选择V项目作为保障内容？我以为申请V项目的人大部分是女性。”我问他。

“为了真实的爱情。”他说。

“什么？”我完全没料到他的答案会这么奇怪。

“人生的爱有很多种，真实的爱情只是其中之一。我从十岁开始就坚定地抱有这种想法，我要一直活着，我要用一双年轻的眼睛来观察形形色色的人，只有这样才有可能遇到一种真实的爱情。”他说。

“成熟的思想和丰富的经验不能代替衰老的身体成为鉴别真实爱情的工具吗？难道非要通过V项目让自己永远年轻健康才能实现你的目标？”我实在是无法理解他近乎诡辩的说辞。

“你知道什么是真实的爱情吗？我想一千万个人会有一千万个答案，这是一个没有答案的问题。我的目标不是去寻找别人眼中的爱情，而是去寻找我心中的爱情，这就是我说的真实的爱情。寻找的过程越久越好，最好永远都不要停下来。我要追求的，是一种与真实无限接近但永远无法到达的过程，这种过程就是我说的真实的爱情。”

“人生总要去追求一些没有意义和没有结果的事情才会有趣，我只有加入V项目才有机会一直年轻，一直追求无聊的、没有意义的和没有结果的事情，然后才有机会实现我的目标。”说完这些话，他长长地吁了一口气。

“你的想法很奇怪，没人觉得你不正常吗？不过你是日本人，在情感上奉行‘越虚幻越要追求’的精神倒也符合你们的性格，所以我觉得你和《地狱变》里的良秀画师一样。”我故意揶揄他说。

“那个画师是个疯子，我跟他不一样，我只是在尽可能过一种更加丰富的人生，这不光是为我自己。”说完这些话，他莫名其妙地有些害羞。

“还为了谁？”我觉得他话里有话。

他故意逃避似的装作没听见我的问题，仍旧继续之前的话题，发表自己的看法。

“良秀画师那种人性泯灭的无限追求不但没有挖掘到永恒美的真谛反而创造出令人毛骨悚然的黑暗作品，这和我的想法完全不同。美好的艺术作品就应该有深刻的内涵，如同美丽的躯壳就应该有与之相配的深刻思想，两者之中任何一个丑陋，都无法让人接受。”

“精神世界的提升是可以通过教育来实现的，可是健康的身体和年轻的容貌只能依赖科技。王尔德的唯美主义思想就更加接近我们的想法，比如道格拉斯丑陋的灵魂消受不了他美丽的肉体，丑陋的肉体也负担不了美丽的灵魂。可是在共同人身上，特别是在我们这些加入V项目的共同人身上，这二者得到了统一。”

“这么说这几十年来你一直在寻找真实的爱情，那结果呢？”我问他。

“我刚才说过了，我追求的真实的爱情是一个过程，而不是一个结果。”他洋洋自得地说。

“其实我觉得你追求的目标在本质上很牵强很矛盾，严格地说，这不过是一种排斥寂寞的低等行为。”我说。

“真实的爱情有很多种，它们在层次上是有区别的，我只有在寻找的过程中才会渐渐明白哪一种层次的真实爱情才是自己需要的，也许有一天我找到了，我就会停下来。”他说。

从来没有人跟我讨论过这样的话题。他的想法太奇怪了，我不太能够理解他说的话。我甚至觉得这些话不像是共同人说的。我不知道该赞成还是该反对，需要时间想想才行。

“你为什么加入V项目？”终于轮到他问我了。

为了掩盖自己的无能和无知，我不愿意告诉别人自己加入V项目的理由，我认为自己在三十岁生日那天所想到的全部理由都不足以拿出来和日本男人做一番讨论。我不能对他说，没有美好的肉体做思想的容器，灵魂就是孤魂野鬼，一无是处，所以肉体比灵魂重要。不行，这么说会显得我多么肤浅啊！

“我们的世界是伪造的，一切都是按照曾经存在过的真实复制出来的，所以我希望有机会能到一个完全不同的地方看看，一个真实的地方，也许那个曾经的真实世界还存在。要是有一天我找到了那个地方，我希望我还没有变老，我希望我还很年轻。我不希望在进入真实世界的时候，自己是一副老态龙钟的模样；我怕自己所有的器官因为衰老丧失功能的时候，看不见真实的美丽，闻不到真正的味道，感觉不到真实事物的表面。”我不知道自己胡言乱语说了些什么，竟然即兴编了一个如此荒诞的理由。既然他说他是为了追求永无止境的真实爱情，那我就要去追求一个根本不存在的真实世界，这样就显得我不会太愚蠢。

“你这个愿望真奢侈，这就是你要青春永驻的原因？”他问道。

“美好的青春和真实的世界，在视觉上比较和谐。我无法想象衰老的躯体站在一个世外桃源般的地方会有多么恐怖。”我觉得自己的回答荒谬可笑，简直不知所云，但我没有把心虚表现在脸上，我硬是用一种近乎表演的方式把这句话当成一种哲理说了出来。

“你知道前代人经常举行的一种叫作‘选美’的游戏吗？他们假装选出一个美貌与智慧并存的女人来掩盖他们

只看重外表的事实。他们真幼稚，他们总是用一些自以为是的文明手段把内心最真实的欲望隐藏起来。其实人只要在一开始就按照内心的真实想法去做所有的事情，并且习惯将外表和灵魂统一、朝着共同的方向发展和进化，就会越变越聪明，根本不会愚蠢到玩什么选美的游戏。从人类进化的角度来看，人的长相和头脑应该同步进化，共同完善，达到统一，最终成为一个理想人。不论是头脑发达长相有缺陷的人，还是头脑有缺陷长相完美的人，都将因为无法独立生存而被共同世界淘汰。我们共同人正在努力朝灵魂与肉体统一的理想人方向发展，我们才是真正推动社会发展的一代人。所以你的想法很正确，你已经具备了理想人思维。”他说。

我不明白他的这番话与我刚才为了敷衍他而编造的假话有什么关系，不过他的话却神奇地让我信服了自己刚才说的那些假话。我开始认同自己是一个合格的共同人，而不是一个思想空洞的女人。

“可是你的愿望很奢侈。”他又说。

“为什么？”我问他。

“我猜你为了成为共同人应该付出了很多，如果还要去寻找所谓的真实世界，再在那里待上一年半载，恐怕很难做到。”他看着我，年轻英俊的面孔掩盖了他脑海里此刻的百转千回。

“我不需要和你讨论我的想法。”我故作镇定地说。能够掩饰我内心胆怯的最体面的办法就是逃避问题。我用来敷衍日本男人的瞎话不知不觉被弄得煞有其事，他神不知鬼不觉地挖掘出了我潜意识里更深层次的想法。他想揣摩别人的内心，他有窥探欲，想控制别人。他不像是一个共同人，说不定就是个普通人，是个冒牌货。

“你觉得你的愿望会实现吗？”日本男人还是没有放弃的意思，依旧试图撬开我心里的锁。

“我不知道，我总可以想想吧。”我不耐烦地说。

我高估了日本男人的洞察力，他这种不知进退的表现让我对他刚刚建立起来的好感瞬间消失得无影无踪。

“那就努力吧！”他终于罢休了。

“你叫什么名字？”他问我。

“遥远，你呢？”我说。

“山口秀明。”他回答。

七

大厅中央聚集的人越来越多，但所有的人都不约而同地保持沉默。

大楼按逆时针方向缓缓转动，我的整个身体也在慢慢地跟着大楼转动。这种转动和人体的生理状态非常合拍，它异常细微，就像是在给我们的身体做着温柔的按摩。

聚集在此的人们看上去都那么年轻。他们体态苗条轻盈，他们笑而不语，整个大楼安静得只能听见这些人窸窸窣窣的脚步声。我站在美丽的人群中，显得那么格格不入。恍惚间我产生了一种错觉，这种错觉让我有一种极大的不安全感，可又想不通其中的原委。

就在这时从大厅中的四面屏风里慢慢升起一个圆形的白色站台，站台两米多高，前后左右都有楼梯，只见一个约莫三十岁上下的男人神采飞扬地迈着舞蹈家般雀跃轻盈的步伐从左边的楼梯走上站台。男人高高的个子，瘦削的身材，穿着合体的白色正装，虽然不如山口秀明相貌英俊，但也有一张和他同样具有浮世绘气息的脸，看得出来，他也是日本人。他高高在上，双手上下挥动，试图引起台下观众的注意。他的这一举动果然奏效，所有人的目光同时汇聚在他一个人的身上。他微笑着朝台下的我们点了点头，一开口就是流利的共同语。

共同语本来就是一种简单的语言，听起来有没有美感完全取决于说话的人。站台上的男人显然用他自己特有的语调把共同语说得极其温柔动听。他略微低下头，目光俯视着大厅里的人，双手像指挥家似的挥舞着，再次示意大家把注意力集中到他身上。

“女士们、先生们，非常感谢您参加一年一度的‘个人潜力保护计划’V 项目成员聚会。这次我们邀请了 V 项目所有成员在此欢聚，我们日本人民对此深感荣幸。我是这次会议的主持人，我叫黑山，期待与您共度一个美好的夜晚。”这个叫黑山的男人停顿了一会儿，朝台下的观众看了看，试图在观察他们的反应。

大厅里的每个人看上去都很高兴，可是没有人鼓掌，因为共同人没有鼓掌的习惯。

“你紧张吗？”山口小声问我。

“有一点，你呢？”我说。

“我参加几十次了，已经没有感觉了，不过这次不一样，多认识了一个朋友。”山口笑着说。

山口的笑容又一次暴露了他的年纪，因为那是一种只有老年男人才会有的意味深长的笑容。

“这种聚会以前都在什么地方开？”我问山口。

“看情况，据说委员会每年都会选择在加入本项目人数最多的国家举行年会。比如去年，印度成为加入‘智力超常保障项目’也就是T项目人数最多的国家，所以委员会就在德里举行了T项目成员聚会。今年日本是加入V项目人数最多的国家，所以就在这里召开V项目年会。”山口说。

“原来是这样。日本果然是一个爱美的国家。”我说。

山口一边说话，一边看着站台上的男人。

“每次年会都有哪些内容？”我问山口。

“其实也没什么特别的，就是选一些代表站上去发言，谈谈加入V项目的心得，再倡议一下世界能源组织的共同精神。不过最有意思的活动就是一个叫作‘美丽与死亡’的纪念环节，这个环节会宣布本年度去世的V项目成员，通过这种方式纪念他们生前和死后对人类资源做出的贡献，表达对他们的感激和思念。”山口说。

虽然我不太明白“美丽与死亡”的真正内涵，但是也不想再继续追问山口。

“尊敬的女士们、先生们，”主持人黑山又开始张口说他那可爱动听的共同语。“再次欢迎参加本年度世界能源组织M计划小组委员会举办的M项目成员会议。我们都知道M计划在过去的一百年里为保护和优化地球资源做出了巨大贡献，在M计划的有效工作下，供人类生存使用的各项资源得到了有史以来最大化的利用。持续几千年的资源浪费已经停止，人们的生活方式有了更加多样的选择，人们获得了对已经拥有和尚未拥有的资源进行选择、交换和放弃的权利。我们打破了千百年来的传统，我们为了爱和理想付出一切，而我们收获的也必将是爱和理想。”

黑山激动地面颊通红，他望着台下的观众，充满渴望的眼神里焕发着动人的光彩。可是依旧没有人鼓掌，所有人的眼睛里都闪烁着热情的光芒，可翕动的嘴唇却始终说不出一句话。

黑山真的是一台天生的演说机器。听他说话，耳朵里会有一种嘴巴里含着牛奶巧克力的感觉。开始的时候，是甜蜜占领口腔，过了一会儿巧克力开始融化，纯粹的苦味渗入舌尖，于是嘴里有了苦味，又过了几秒，靠近唇边的牛奶部分开始融化，舌尖有了一丝苦中带甜，最终甜蜜又占了上风，于是耳朵里再一次充满了甜蜜。

“每一个适龄的成年人都会在人生中的某一天加入M

计划，然后开始共同人生涯。M计划中的有些人是为了保护聪明的头脑，有些人是为了保护寿命，还有一些音乐家是为了保护发出美妙歌声的喉咙和弹奏乐器的双手，而今天在场的各位共同人是为了青春而加入V项目。你们和所有项目成员一样，都是为人类进化做出贡献的人。

“我们认为，所有把年轻和美丽作为个人潜力进行保护的人都是彻头彻尾的理想主义者，是柏拉图、哥伦布、梭罗理想主义的实践者。”

黑山说得没错，我们是名副其实的理想主义者。

我们是时代的宠儿，成为共同人是我们的目标，成为理想人是共同人的目标。

这是一个高纯度语言的时代，我们必须拥有高度的理解力，所以我们极少使用口头语言进行交流。人与人之间交流时，每说出一个多余的字都是对精力和智慧的浪费和亵渎。

这是一个不提倡婚姻制度的高效率繁殖时代。我们不提倡用婚姻作为繁衍和抚育后代的平台，但要求某些项目成员必须生育子女。我们成立了共和幼儿园参与协助抚养教育孩子，完美地过滤掉了婚姻带来的负面影响。

这是一个回归本真，提倡独处的时代。我们不鼓励集体活动，但鼓励相同项目内部成员彼此交流。这样可以保证人与人之间的潜力差异实现最大化，避免了不同潜力人群之间错综复杂的世俗交往所带来的时间和精力的浪费。

这是一个打造共同美的时代。我们不歧视身体面貌的自然衰老，但长久的健康和青春是人类的发展趋势，所以我们必须为此付出努力，这就是V项目的意义。从古到今，人类的审美总是存在差异，有人喜欢胖，有人喜欢瘦，有人喜欢高，有人喜欢矮。但是我们没有这些困扰，因为我们为人类设定了高级的审美标准。加入V项目的共同人都将具备共同美。共同美作为一种审美理想将被一直鼓励和提倡，它是一种经过数据收集、整理、抽象、分析和计算出来的审美。我们把历史上所有长相最美的人的信息收集起来，进行分析，设计出最合理的审美标准，这就是共同美。共同美是一个内容庞大的概念，它不仅是对人的长相，它对任何事物的审美标准都有明确的规定，比如说话的神态、行为、动作、颜色，房子、家具、衣服等。在共同美的定义里，脸的长度为一百八十二毫米，宽度为一百一十一毫米；眼睛的高度为二十五毫米；嘴的长度为五十毫米；唇线和牙齿的结构要符合黄金分割线。

“具备共同美是成为理想人的重要一步，而你们就是V项目的伟大先驱。”黑山挥舞双臂，对着台下的观众大声疾呼。

黑山说话的节奏透着交响乐般的丰富层次，减慢、突慢、减快和自由。他再次用他出色的演讲制造了一场黑色巧克力般的听觉盛宴，他让每个人都沉醉其中。

我扭头看了看周围的人，他们似乎被黑山的演讲煽动得心潮澎湃，可脸上还只是挂着高雅的微笑，没有掌声，没有欢呼声，也没有其他任何肢体上的表现。

没错，我们是一群为了成为理想人而拼命努力的共同人。我们热情赞许的目光和微微颤抖的嘴唇足以代表内心深处给予黑山的巨大支持，我们相信黑山不需要掌声和欢呼声这样的原始表情符号。他具备读心的能力，他能感受到来自我们心灵的支持。

大楼依旧缓缓地转动。

“我们邀请了V项目中的一位杰出代表跟大家见面。”黑山说。

听众们仰头看着黑山，沉默不语，但思想活动是丰富的。

只见圆形站台缓缓地从白色变换成了黑色，制作巧克力的演说家优雅地从右边的楼梯走下台去。他远去的白色身影犹如巨大的黑色巧克力蛋糕上一抹淡淡的白色奶油。紧接着又从台下走上来一个男人，当我第一眼看到他的时候，我就确定他是一个具有共同美的人，一个介于人与神之间的人。

这个男人浑身散发着难以言表的魔幻气息，你会绕过他的长相被他自身所营造的氛围吸引。他的眼睛清澈而深邃，牙齿到微笑着的嘴角的这段空间很明显，嘴里露出的牙齿与牙齿间的中线距离是黄金比例，这所有线条的完美分布成就了他比一般共同人更加迷人的笑容和柔和的面部表情。他身材轩昂挺拔，呈现出一种介于年轻与成熟之间的最佳体态，蕴含着超越时间的能量与气质。他的气质里有一种跨空间感，他的身上没有任何流露出他出身、国籍、背景和职业的世俗痕迹。他就是一个接近理想人的共同人，是一个能够证明M计划和V项目创造伟大奇迹的活生生的例子。

“是不是很厉害？”山口问我。

“是的。”我的眼睛一秒钟都不愿离开台上的男人。

这个神一般的共同人代表站在黑色的圆形站台上，既像一位来自东方的飘逸禅师，又像一位来自西方的庄严神父。

“很高兴今晚在日本与你们分享几十年来作为V项目成员的感受。永葆青春是我从小到大的理想，但是我从来没有想过有一天可以通过奉献和牺牲的方式让自己离这个理想越来越近。在过去的几十年，我不断减少生活中多余的东西。我痛苦过，因为害怕不能再随心所欲地挥霍曾经习惯的任何一样东西。可是渐渐地，我发现失去的越多得到的越多，身体也随之越来越年轻。我变成了一个彻头彻尾的纯简主义者，消耗的资源一天比一天少，可是我变得一天比一天年轻。

“我想告诉大家，生活中的任何放弃都是无法撤销的，失去了就是失去了，就像那些愚蠢无知的前代人，他们对资源的极度摄取和消耗让他们在年纪尚轻的时候就开始变得苍老和丑陋。虽然我们无法再次拥有他们曾经拥有的一切，但是我们有让人焕发青春的技术和崇高的奉献精神。我们消耗的资源是前代人的万分之一，但生存能力却强过他们一万倍。”

台下一片寂静，有微笑，有点头，有丰富的思想活动。

男代表停顿了一会儿，用眼睛扫视了一遍大厅里的人，然后露出迷人的微笑，继续说：“我八十岁了，我是一位设计家，设计家的人生哲学是持续的年轻，而不是长久的活着。王尔德说，美丽的肉体是为了享乐，美丽的灵魂是为了痛苦。我喜欢这句话，因为我一直在无比享乐中生活。谢谢大家，我的发言完了。”

男代表向台下的听众挥手致意，随后走下讲台。

“看来所有的人都认为自己是最完美的。”山口小声说。

我还没有从刚才的氛围中回过神来，所以没听清山口说的话。我又朝四周看了看，所有的人都像凝固了似的一动不动。他们犹如艺术品一样站在那里，焕发着白色大理石般的光彩。站在这堆艺术品中间，我觉得自己像个异类，我渴望被他们同化，成为他们中间真正的一分子。

这些人是不是已经很老了？如果是，那么这些用年轻肉体包装的老人有什么价值？是培养理想人的试验品吗？他们用自己的资源换取年轻的保障，不过是充当V项目的免费试验品？假如有一天他们的资源用完了，他们的命运该何去何从？

我有一个可怕的猜测。那些消耗资源最少但活得最久的人，就最终的幸存者，就是成功的试验品。

利用人类贪婪的弱点实现人类的发展，既节省了资源又实现了目标，这才是所有保障项目的真正目的，才是M计划的意义。他们在筛选、优化和保留不同潜力类型的共同人。在每个项目里，或者说在每个试验里，有多少人因为无法坚持到最后而中途退出或者死亡？山口说的“美丽与死亡”会不会就是对这个猜测的暗示？这些乱七八糟的念头不停地在我脑海里翻腾，让我感到非常不安。我甚至怀疑自己因为一时冲动而做了一个愚蠢的决定。

接下来再也没有其他人走上黑色的站台。整个大厅静悄悄的，能听到的只有人的呼吸声。我孤零零地站在晶莹剔透的人群中，不知该何去何从。

八

“这些人你都认识吗？”我问山口。

“我每年在不同的地方参加年会，不会特别关注这些人，也不想认识他们，不过你是例外。”山口笑着说。

“为什么？”我问他。

“因为你身上有很多不安分的东西，这些人是静态的，你是动态的。”山口说。

“我不明白你的意思。”我说。

“我的意思是，和你说过话的时候，能感受到你内心的起伏。”山口说。

“V 项目里的人好像都很老，如果我以后想退出 V 项目或者想转入其他保障项目的话，应该怎么办？”我问他。

“如果中途退出保障项目，你的个人资源将恢复供应，但数量只是以前的一半。如果要再次加入其他项目，就要重新申请。这些在共同人申请表里都写清楚了，你没读吗？”山口说。

我想起那天在咖啡馆填申请表的时候，好像是看到有一栏备注提醒，写的应该就是这个，我后悔当初没有仔细看里面的内容。

“你不必给自己太大的负担，况且你早就应该了解和遵守M计划的规则。”山口说。

我从来没有期待过从一个陌生人那里得到问题的理想答案。对我而言，能够有人倾听我的担忧和困惑就该心满意足了。事到如今，一切木已成舟，顺其自然吧。

“女士们、先生们，在晚餐开始前，各位将有二十分钟的休息时间。”黑山不知什么时候又出现在站台上，他兴致勃勃地对着台下的人说。

大厅里的光再次发生变化，从黄昏色变成了蓝白色。无数条细细的蓝色光束将大厅分割成许多明暗不同的区域，就像是光和影构成的无数个小隔间。人群像是被蓝色的光屏风分割开似的，三两个人为一组，散布在明暗不同的区域里。我和另外两个人处在阴影区，虽然光线有些暗，但也能看清彼此。山口和另外几个人则处在隔壁的一个光亮区。我们就像是蓝色湖水中静止不动的鱼，在黑暗和光明中彼此观望。

“希望您和身边的伙伴交流愉快。”黑山用煽动的语气说。

于是人们开始在蓝色的光屏风间活动起来，就像一只只骚动的蚂蚁。

“你好。”我身旁的一位女士主动向我打招呼。

这也是一位全身上下洋溢着共同美的女士。她看上去不到三十岁，穿着白色抹胸晚礼服，裸露的肩颈肌肤泛着奶白色的光亮，如同绸缎般光滑。此时如果有一滴水珠落在这肌肤上，水珠会毫无阻力地滑落下来；如果是一滴红酒洒在这肌肤上，这滴红酒会瞬间从表皮消失，渗透到肌肤里层。

共同美人说起话来轻声细语。她的音量应该不超过二十分贝，好在我们在安静的环境里出生长大，所以耳聪目明，连某些昆虫发出的十几分贝的声音都可以听得清清楚楚，所以再小的声音也丝毫不影响我捕捉她的语意。

“您好，您的气色好极了。”我发自内心地说。

“谢谢，我每天都感觉自己像是刚出生的婴儿。你是什么时候加入进来的？”共同美人问我。

“一年前。”我说。

“哦？才这么的短时间，那你一定是这里最年轻的成员。”共同美人说。

“为什么？”我的脑海中又出现了那个可怕的猜测。

“加入的时间越短说明实际年龄越小，一个步履蹒跚满脸皱纹的老人还有加入 V 项目的必要吗？”她笑着说。

我尴尬地笑了笑说，“我已经不年轻了，我三十岁了，可您看起来比我还要年轻。”

“才三十岁！我都忘记了这个年纪的存在。”共同美人的脸上露出吃惊的表情。

“我今年已经七十岁了，我看起来不会比你年轻，那是你的错觉。”她说，“你这么年轻就愿意加入 V 项目，真是太明智了。我是在四十岁的时候从别的保障项目转到这里的，我真后悔没有在一开始的时候就做出正确的选择，只有经历过刻骨铭心的痛才会明白什么是最重要的。”她说话的语气有些激动，可是精致的五官没有受到情绪的影响，脸上自始至于终没有任何夸张的表情，只有那张露出白色牙齿的嘴唇一直挂着和那位男代表一模一样的迷人微笑。

“您原来加入的是什么保障项目？”我问共同美人。

“C 项目，就是专门保护特殊才能的一个项目。我是一名钢琴演奏家，我的高超演奏能力来自家族遗传的天赋、后来的苦练和持久的维护，我害怕失去这种能力，所以才加入 C 项目。能够永远弹钢琴就是我生存的本钱，所以我要想尽一切办法保护我的这种能力。我的申请得到了批准，也得到了一个钢琴家应该得到的舒适体面的生活。我有充足的生活资源让自己吃得好，睡得好。”共同美人说。

“那后来为什么改变主意了？”我好奇地问。

“我累了，因为我变成了一个演奏机器。加入C项目后，依照规定，我的演奏数量必须增加到原来的五倍。你懂吗？乐器演奏家是要用生命去演奏音乐的，这样才能弹奏出有生命力的音乐。否则的话，只要把一个死去的音乐家的手砍下来，再接到一个残疾人手上就可以弹钢琴了。C项目需要我在任何时间任何地点满足演出要求，所以我的演奏越来越机械，越来越没有生命力，我就像是一台会走路的音乐播放机。有一天，我分别在教堂、学校、公共音乐厅、私人宴会厅和官员府邸五个地方演奏了德彪西、莫扎特、肖邦、贝多芬和勃拉姆斯，当天晚上回到家以后，我吃了丰盛的晚餐，喝了香浓的咖啡，泡了两个小时的热水澡，可是都没用，我的手一直在发抖。我用热水泡了又泡，用冷水冲了又冲，用按摩膏搓了又搓，都没有用，它们还是在发抖。”

共同美人的脸上依旧只有迷人的微笑，就像在倾听她身边的另外一个女人在描述这个悲伤的故事。

“就是在那天，我决定退出C项目，再后来我就加入了V项目。从那以后，我失去了享受丰富资源的资格，成为一个普通的共同人。我生活得很节俭，不过我很开心。”她说。

“那您的手……”我想知道她的手是不是真的废了。

“哦，它们还是很完美，但我早就不是钢琴家了，反正会有很多新的演奏家申请C项目。只要他们的手是铁打的，那他们的职业生涯就会得到终身的保护。只要坚持到最后，就能获得终身保障，就能永远享受丰富优质的生活资源，可谁知道自己能不能坚持到最后。你是个聪明的女孩，早就看透了一切，所以能够在年纪轻轻的时候做出正确的决定。”她说。

“不，我不是您说的那种人，我只是因为没有特殊的才能。有才能的人首先想到的就是如何保护自己的才能，并为之付出一切，而我是个只能就地取材的平庸人，所以才选择V项目。”我说。

“在这个世界上，平庸、健康、美丽的人才是最幸福的。才华和水、电、石油、天然气一样，没有太大的区别，唯一不同之处就在于前者取之于人，后者取之于自然。人和自然一样，都会有资源枯竭的那天，到时候一切都会消失。”她说。

“可是年轻也会消失。”我接着她的话说。

“这不一样，维护外在比维护内在要轻松快乐得多。”她说。

“女士们、先生们，请大家移步到就餐区。”站台上的黑山挥舞着右手，向人群示意前进的方向。

我和共同美人一起朝就餐区走去。所谓的就餐区不过就是一张金属材质的超大长方形餐台，餐台上整整齐齐地摆放着一排排大小相同的圆形不锈钢碟子。碟子手掌般大小，每个碟子上面都有一块一模一样的乳白色正方形凝胶状物体，这就是我们的晚餐。

“这是我们特意为各位成员准备的‘纯白酪’，每人两份，希望大家喜欢，请享用。”黑山站在餐桌旁，优雅地翘起下巴，骄傲地对大家说。

我端起一个碟子，用勺子轻轻地从纯白酪上挖了一小块下来，放到嘴里细细品尝，又香又软又滑又细，这一定又是日本设计家的杰作。我们的世界里没有牛奶，但是我们能够为食物设计出牛奶、黄油、香草等一切可以想象出来的味道，一种食物包含的味道越多就越昂贵。纯白酪有牛奶的味道，有黄油的味道，有香草的味道，有白色巧克力的味道，还有一点点牛肉的味道，口感棒极了，而且还有两块这么多的分量，确实奢侈，这是我有生以来吃到过的最高级的食物。

所有的人都很喜欢晚餐的食物，所以谁都不会放弃吃第二块纯白酪的机会。“如果你喜欢，我这块送给你。”山口把他的盘子递给我。

“你不喜欢吗？”我觉得山口很奇怪，因为没人会放弃这样的美食。

“多吃一块对我也没什么用处，送给你也许可以让你不那么讨厌我。你不要，我就送给别人了。”那个自以为是尖酸刻薄的日本男人又复活了。

我不稀罕多吃那块纯白酪，但我心疼牛奶和黄油的味道，为这种人把好东西牺牲了不值得。

“我不习惯同时吃两次一模一样的东西，喜欢每种东西都只用一份。我习惯了，这可能是加入V项目的后遗症。”他一边说一边将盘子递给我。

九

晚餐结束后，山口说："我们去跳舞吧！"

我还没来得及回答他，就被他拽去了大厅的另一边。

"我不会跳舞。"我对他这种强人所难的行为很反感。

"没关系，只是享受一下气氛而已。"山口不以为然地说。

这时候大楼响起了音乐。大厅里的楼梯盘旋着一直通向楼顶，音乐也像是从楼顶被楼梯传递回来似的，遥远而深邃。播放的音乐是人类历史上永垂不朽的音乐家巴赫的《恰空》，分别用小提琴、吉他和钢琴三种乐器穿插演奏，经过改编的节奏和旋律变化莫测，跌宕起伏。

不知道从什么时候开始，光影构成的蓝色小隔间早已经消失不见，屋里再次被黄昏色笼罩，光线配合着《恰空》的变奏不断变换色调，橘红色，赭石色，棕黄色，淡黄色。在安静、悲伤、肃穆的音乐里，没有人知道这群美丽的共同人是怀着何种心情翩翩起舞。舞池里的人犹如汇聚在奥林匹亚山上的希腊众神，年轻，充满活力。他们每个人都与众不同，却又都努力地向理想人的方向进化。

我觉得遥远的楼顶有些异样，于是仰起头，发现楼顶深处正慢慢地出现一个小圆口，圆口越变越大直到露出璀璨的星空。突然间，无数的白色樱花像雪一样从圆口飘落下来，我伸手想要抓住一片樱花，看看是真是假。

“犯傻是你的习惯吗？！”山口一边说一边拽回我伸出去的手。

山口将我的双手放到他的肩膀上，他用双臂搂着我的腰，带着我在充满音乐和樱花的舞池里慢慢摇摆。

无数的花瓣像白色的小精灵一样落在我们的头上、脸上和身上，可它们就像被我们的皮肤吸收进去了似的，立刻消失得无影无踪。不知为什么，这番景象让我想起三十岁前那些孤独寂寞岁月里无数个似曾相识的片段和让我深感绝望的人生时刻。

“说不定有一天你能看到真的樱花。”山口的右手轻轻地握着我的左手，用左手温柔地抚摸着我的头发。

“我告诉你一件事。”我必须要说点什么来掩饰此刻内心的慌乱。

“什么？”他问道。

“你应该为能够生活在共同世界里而感到幸运，这里的樱花树对你来说很安全，倘若站在真正的樱花树下，恐怕你的丑陋面目早就暴露了。”我笑着说。

我不知道山口有没有听懂我说的话，他只是沉默着但却把我搂得更紧了。我没有反抗，把头轻轻地靠在了他的肩上。

十

我的心翻出了夏尔·波德莱尔的诗集，我的心战战兢兢地开始朗读这首诗。

深　渊

帕斯卡居然有自己的深渊，这深渊竟与他一起动。
——唉！一切都是深渊——行动、欲望、梦想、言语！
从我这纷纷竖起的汗毛上，
我常常感到吹过恐惧的风。

往下，往下，到处都是可怕而又有诱惑力的天
空、深渊、沙滩、沉寂……
在我黑夜的深处，上帝用灵巧的手指
画出变化多端从不间断的噩梦。

我怕沉睡，好像人们怕一个不知通向什么地方、
充满了隐隐约约的恐怖的幽深黑洞一样；
我只看见无限展现在所有的窗外，

我的灵魂，始终被眩晕所折磨，
不禁嫉妒虚无的冷漠。
——啊！永远也离不开命数与存在！

十一

从东京回来以后，我的生活一切照旧。我逐渐忘记了那个与樱花和日本男人有关的夜晚，也再没想起过那个夜晚里萌生的种种顾虑和可怕念头。回到现实中的我更加习惯共同人的生活，每时每刻都在小心翼翼地计算和使用自己的有限资源。M计划小组提供给V项目成员的产品和服务，我也全部按时使用了。我偶尔也会想起那个叫山口秀明的日本男人，可人就是这么奇怪，不论是大千世界中的萍水相逢还是曾经沧海难为水之后的分道扬镳，不过是一瞬间的情与事。

夏天的一个中午，我手里正拿着一本书翻看，内容有些无聊，所以有些昏昏欲睡。

“您有一个电话，需要接通吗？”电话语音提醒把我吓了一跳。我按了一下应答键接通了电话，电话里传来一个声音，说的不是中文，而是共同语。

“你好，是遥远吗？”对方说。

“我是，请问你是哪一位？”我问道。

“我是山口秀明，还记得我吗？我们去年在东京的聚会上见过面。”对方说。

我听出了电话里日本男人的声音，既意外又兴奋。

“嗨，山口先生，你好吗？”我尽量平静地说。

“我很好，你呢？”山口说。

“我也很好，谢谢。”我说。

“有一件事情想告诉你，我想你也许会感兴趣，所以试着联系你，之前发给你的信息和留言一直没收到答复，不过最后还是找到你了。”山口说。

“很抱歉，我很少看留言箱，所以没看到你的消息。”我说。

“没关系，说正事吧。你还记得在日本的时候，你说你想去一个真实的地方看看？”山口说。

“是的，不过那只是我当时随口说说的玩笑而已，你完全不用当真。因为当时你问我加入 V 项目的原因，我一时想不出什么答案才临时编了这个理由。”我尴尬地说。

“可是我觉得你是认真的，那就是你内心的真实想法，只是你没有意识到。当我看到你用手触摸樱花的时候，我就知道你说的话一定是认真的，你是那种只有亲身体会过真实才会快乐的人。”山口说。

“这和你今天给我打电话有什么关系？”我问他。

“我认识的一个人正在组织一个旅游项目，就是专门去这种地方，不知道你有没有兴趣？”他说。

“请先等一下，你说的是什么地方？是叫作‘真实世界’的地方吗？你说你的朋友正在组织去那种地方？你没有开玩笑吧？”我忍不住笑着说。

“我知道你觉得很可笑，可我说的事情是公开的秘密。这是一个灰色地带，有些特殊的机构私下会组织一些特殊的人去这种特殊的地方。官方对此也是睁一只眼闭一只眼，只是你不知道而已。”他说。

“可是那种地方从来没有在地图上出现过，也没有正规的书面资料记载，怎么能相信它的存在？”我说。

山口没有任何能够让我相信这件事情的理由。

“我跟你一起去。”他说。

“很抱歉，如果你不说清楚，我什么也不会相信。”我说。

电话里的声音沉默了几秒钟。

“其实不公开的地方不等于不存在，这对你来说是个好机会。”他说。

“那地方叫什么？”我问他。

“具体有几个这样的地方我也不太清楚，但我朋友介绍的那个地方在荷兰，一百多年前荷兰有个叫 Keukenhof 的郁金香公园，你可以在历史画册上查查。”他说。

“可那是历史上存在过的地方。”我越来越不相信山口的话。

“那个地方现在还存在，我知道你还是不相信我，但是你有时间好好考虑一下。我给你我的联络方式，想清楚了就告诉我。”山口告诉我他的电话号码后就挂了电话。

挂了电话，我回到沙发上，抱着靠垫蜷成一团。我闭上眼睛，回想山口刚才在电话里说的那些话，想着想着打起了瞌睡，待我睁开眼睛的时候已是傍晚。我起身从书架上抽出一本字典，然后在字典的屏幕上输入 Keukenhof，字典即刻开始搜索，不一会儿屏幕上就出现了以下文字：

Keukenhof，荷兰著名的郁金香公园，欧洲最美丽的春季花园。15 世纪一位女伯爵的狩猎领地，占地三十二公顷，各类花卉达七百万株。2030 年的一场洪水将这个人间天堂毁于一旦，所有的珍贵花卉和植物在这次巨大的洪灾中遭遇毁灭性打击。灾后经过数十年的修复也无济于事，后来又因为几次自然灾害的打击，大部分郁金香品种已经灭绝，但是 Keukenhof 在历史上留下的无与伦比的繁花美景将永存于人类的记忆中。

字典里不断变换着Keukenhof花园的图片。难道这些资料都是假的？地球上真有过这么美丽的地方？我盯着郁金香的照片出神儿，这种五颜六色外形奇特的花是集王冠、宝剑和财富于一身的完美情人的象征，是逃避暗恋之情的禁欲之花，是春天的使者。可春天是什么？春天就是郁金香的天下吗？可我对春天的印象并不美好，它甚至是邪恶的，它就是两百多年前意大利诗人萨巴写的那首《春天》里的样子。

春天我不喜欢，
我多么想告诉你
第一缕春光
拐过街道的墙角，
像利刃一样伤害我。
光裸的枝丫
在光裸的大地
投下的暗淡的影子
叫我心烦意乱，
我也仿佛可能
理应获得再生。
你的来临
使坟墓也似乎不再安全。

古老的春天

你比任何时令都更加残酷

万物因你复苏

又因你毁灭。

“您今天还有一公升水和零点一度电可以使用。”正当我沉醉于对 Keukenhof 的幻想，能源监控系统又发出了警告，不过它的声音已经不再让我感到厌烦。在这个空荡荡的房间里，我已经把能源监控系统的声音当成了我的朋友、家人甚至是伴侣。它提醒我什么时候该用水，什么时候该断电，从来没有一个人能像它一样如此关心我的生活。它一次次的提醒和警告就像是可爱的伴侣在督促自己的爱人去完成生活中最无聊的琐事，这是一种体贴、甜蜜和温暖。

我起身去洗手间刷牙洗脸，还剩下一些水可以留到明天。我关了灯，断开家里的电源，然后打开一个自发光小夜灯，把它放到床边。我睁着眼睛无论如何也睡不着，不知为什么眼前总是浮现出这几个人的面孔，黑山、男代表还有和我说过话的共同美人。我使劲闭上眼睛，可他们的脸还是在我眼前晃悠，共同美人那双会弹钢琴的手在我面前晃来晃去，我赶紧用被子蒙住头，但是却看见所有人的脸被钢琴家的双手揉搓在一起变成一个面团似的圆形物体。面团先是光滑的圆球，渐渐地光滑的白色球面出现了一些奇怪的隆起和凹陷，它们此起彼伏像是孕育着无数个即将破壳而出的生命。我害怕目睹这些快要冲出屏障的生命，我用双手捂着眼睛，可是无论怎样都无济于事，那蛋一样的白色面团突然破了，露出来一张脸，是山口的脸。

我“啊”地大叫一声，睁开眼睛，一切都消失了，原来是一场梦。我看看床头的那盏小夜灯，它依旧温柔地亮着。

前一夜的噩梦让我心有余悸，第二天起床后头很疼。我倒了一杯凉水三两口就喝完了，我必须要吃一些药才行。

这几个月，我每天都在乐此不疲地使用特供给 V 项目成员的产品。我最喜欢其中一个叫作红樱桃的产品。这是一种颜色如樱桃般红艳的圆形胶囊，味道有股鱼腥气，吃下去起初很恶心，但过一会儿就会感觉到胃里像是有一团火在燃烧，血液循环的加快让我浑身上下放松极了。我一直好奇红樱桃的配方和成分，但是所有产品的细节都是保密的，使用者无权知道关于产品的任何信息。此外，所有产品的包装上都印有一个醒目的三叶图案，三叶是世界能源组织的标志，它代表着权威，代表着秘密。我还喜欢使用一种叫 Mate 的药水，它是一种肉红色的黏稠液体，一接触皮肤就立刻融化，用完后感觉全身上下像是换了一层皮。每次用 Mate 的时候，我都感觉自己像一条正在进行周期性蜕皮的蛇，我无比享受这种让人愉悦、兴奋和性感的生理活动。

我拿起一颗红樱桃，半透明的红色胶囊在我手心里像一颗小小的红玛瑙，我服下它之后不久就觉得浑身上下轻松了不少，头也不那么疼了。我看了看表，七点半了，已经到了上班的时间。

十二

我是一名外科医生的私人助理，老板森明是一个著名的外科医生。

森明拥有一家自己的手术工作室，他每天都会按照预约到客户的家里给病人手术。共同世界里的大部分家庭都配备私人手术设备，森明需要利用专业技能在客户家里完成手术。森明是行业里的精英，他会操作任何复杂的设备，完成所有高难度的外科手术。像他这样的医生并不多，一般的医生只能完成几种手术，而森明就像一名全能司机，别人只会开汽车，而他不还能开轮船、飞机和坦克。作为著名外科医生的私人助理，我的工作就是帮助他协调日程、安排预约、做好关于手术的所有记录，包括时间、地点、病人信息、手术类型、手术设备、手术耗时和手术结果。我的安静和细致使他的专业水平以最高的效率得以充分发挥，让他的才华不会因为工作以外的任何一点琐事而浪费。

可是任何人对任何事情都会有厌倦的时候。当我自认为我的独立思想在三十岁那一天开始萌芽的时候，森明就觉察到了我的变化。

今天早上，我刚走进办公室，就发觉森明那双手术刀般锐利的眼睛正在盯着我。

“我最近一直在观察你。”森明左手托着下巴，右手拿着圆珠笔在桌子上轻轻地敲，“你最近在忙些什么？”

“我刚加入 M 计划，可能还不太习惯成为共同人。”我觉得这是回答森明的最好答案。

听了我的话，森明得意地笑了笑，然后用揶揄的口气说：“也是，估计吃也吃不好睡也睡不好，不过每个人都是这么过来的。你申请的什么项目？”

我最不愿意回答的问题终究还是没能逃过森明的逼问。森明表面和我们这个世界的其他人一样少言寡语彬彬有礼，但只要他跟你多说上几句话，他的目的就能达到。我明白他是 M 计划中的英雄分子，不用靠出卖生活资源保障自己的特殊能力，如果告诉他我申请的是 V 项目，一定会被他嘲笑好几天。

“您没必要知道那么详细吧？”我说。

“我需要了解自己下属的动向，以后你要是有什么差错，我也可以判断一下如何处理才合适，这样对大家都好。”森明不怀好意地笑了一下。

面对森明，我很难坚持内心的自尊。

“V项目。”我说。

“行了，你出去吧。”他的反应出奇的平静。

我意外他就这么轻易地放过了我。

我转身刚要离开森明的办公室，就听到身后传来的声音，“也是，除了一副好身体和一张不算老的脸，也没什么其他可用之处。”

我愤怒的闸门被打开了，可是这愤怒即刻又转化为另外一种快感，是一种我期待了许久的豁然开朗的快感。这种受虐的心理也许是因为和森明这个怪物在一起工作太久的缘故造成的。

我一整天都心不在焉，一会儿想着昨天山口在电话里说的话，一会儿看着在办公室里指手画脚的森明，一会儿又幻想荷兰的Keukenhof，一会儿又担心把客人的预约弄错。如此这般千辛万苦地煎熬到快要下班的时候，森明叫住了我。

“你恋爱了？”他假装严肃地问我。

“没有，就是觉得很累。我想请几个月假休息一下。”这句在我内心辗转了一天的话终于被说出来了。

“原因呢？”他没有表现出一丝一毫的吃惊。

“我说了我很累，需要时间放松一下。”我知道他会一直追问，但我就是不愿多说一丁点儿可能会激发他兴趣的话。

“你请几个月假不怕我开除你吗？如果说清楚原因或许还可以商量。”他说。

“我想去旅游。”我说。

“去哪里？”他问道。

“去荷兰 Keukenhof。”我说。

“有这个地方吗？”他继续追问。

“据说 Keukenhof 还是一百多年前的样子，是一个一切都真实存在的地方，还有春夏秋冬。”我一口气把心里的实话都说出来了，我不期待森明会有任何乐观的态度。

“我觉得你病了，我要替你检查一下，我没开玩笑。”森明说。

“可以。”我也想确认自己到底是不是得了妄想症。

森明叫我躺在诊疗室的病床上，然后将体检机的扫描镜对准我的身体从头到脚仔细照了一遍。

“都很正常。”他说。

“我真的只是累了，想休息一下。”我无可奈何地对他笑了笑。

森明不是一个坏老板，但也没有好到足够理解我的程度。

“荷兰一半的国土都是禁区，再说 Keukenhof 这个地方根本就不存在。”他说。

“也许这地方存在，听说有些机构会安排一些旅行者去那里，让有特殊需求的人去那里体验一下真实的感觉，比如我这种人。再说禁区又不是完全不让人进去，就跟探险一样，没什么大惊小怪的。”我对他说。

“我不太相信道听途说的事情。”森明对我的话很不屑。

“不太相信？这么说你也不是百分之百不信？”我说。

“每一个受过教育的共同人都知道，存在真实的地方早就消失了上百年。即使存在少数原始地带，也早就被秘密保护起来了，根本没人知道它们分布在地球哪里。”森明说。

“Keukenhof 就是那样的地方，但是你不相信。”我说。

“我信不信重要吗？”他说。

“这就是重点，对你不重要，但对我很重要，所以我相信。”我说。

“你没想过这可能是一个骗局吗？用虚假的故事引诱你这种怀揣浪漫主义和幻想主义的人。”他说。

我明白要打败森明的自大是件很困难的事。

“我打个比方，你就理解了。你加入了 L 项目，就真的相信自己能够长命百岁吗？你相信，但我不相信。”我说。

森明背对着我站在玻璃窗前，望着窗外五彩缤纷繁华喧嚣的世界，没有说话。过了一会儿，他说：“只要是人，都会同时做一件既正确又错误的事情，只有选择相信自己愿意相信的事情，才会有生存下去的动力。”

五年前，森明申请了L项目。L项目是为申请者提供长寿保障的项目。在L项目里，寿命最长的成员是一个一百七十岁的男人，森明的理想是超过一百七十岁成为新纪录的创造者，而代价就是不停工作，不停手术。他救的人越多，获得长寿保障的资源就越多，长寿的概率也就越高。

“去年我在日本参加V项目聚会的时候碰到了一位钢琴家，她起初为了保障钢琴演奏能力加入了C项目，可是她无法承受长期的高强度的演奏工作，直到有一天她的手开始发抖，后来她退出了C项目加入了V项目。”

见森明没说话，我继续说。

“M计划里的任何项目都不可能给予我们百分之百的保障，它只不过是一种人类资源优化配置的手段，而决定资源使用的人是他们不是我们，我和你只不过是这场大棋局里一个微不足道的单位。他们给你资源A，让你拼命地贡献资源B，等你无法贡献B的时候，他们再让你贡献

C，直到有一天你我变成一口干涸的水井，无法再贡献出任何有价值的东西。这就是他们的试验，他们让你不停奉献自己身上最有价值的部分，不论是肉体上的还是精神上的，就像在一层一层地剥你的皮。每个保障项目里，能够坚持到最后的人才是共同世界里最优秀的人，你认为你会是最后胜出的那个人吗？”

我没想到自己竟然会向森明说这些奇怪的话。成为共同人以后，我总是被一些说不清道不明的事情压抑着，今天也许是森明触碰到了隐藏在我大脑深处的某种意识，我把所有的事情都想明白了。生活在一个不需要被人理解的世界，我的一切话都是说给自己听的，而说话的对象，不论是森明还是山口，都不过是在充当一个语言的消音器。

每个共同人都有自己的理想，理想是这个能源匮乏的世界赋予人类的唯一希望，而 M 计划和所有保障项目就是世界能源组织为我们设计的理想。森明渴望长寿如同我渴望年轻，森明渴望超越生命长度的极限如同我渴望超越生命广度的极限，我们就这样被 L 项目和 V 项目套上了固定的人生理想。我们只能佩戴这顶被设计得璀璨夺目并刻有 M 字母的皇冠，在寻找真实的理想道路上冒险前行。

我看到了森明情绪的变化。他转过身看着我，眉头蹙成一团，那双成日拿着手术刀的手反复拨弄着一支笔。以森明的智商，他一定有很多道理可以反驳我，但他什么也没说，因为他属于精英群体，无论内心受到多大的震动和刺激，都不会轻易表达出来。

冷静与沉默是共同人必须具备的美德，但我显然是个例外。

“很抱歉。”我说。

“你走吧。”森明坐回椅子上，身体向后靠在椅背上，闭上了眼睛。

十三

又是一个需要忍受煎熬的夜晚。

Keukenhof到底是什么样的地方？会不会是传说中的黑色地带？虽然犯罪行为在我们的世界里寥寥无几，可谁都不能保证暗地里没有坑蒙拐骗的事情。到底是什么让我如此相信这样一件不着边际的事？我回想起在东京的那个夜晚靠在山口肩上的感觉，就是那种特殊的感觉蒙蔽了我，让我相信了他说的一切

能让自己冷静下来的老办法就是音乐。我打开Nestle，不知道听了多久音乐，才勉强睡着。

第二天早上我强打精神从床上爬起来，随手拿起放在床边的工作笔记本，查阅了一下当天的工作计划，上面密密麻麻地写满了预约的手术安排。唉，这到底是什么年代

啊？竟然还有这么多病人？有什么病是这个年代根治不了的，竟然还需要森明这样的手术机器。突然我脑子里灵光一现，有了一个绝妙想法，这想法立刻让我的精神振作起来。经过一番精心梳洗后，这个绝妙想法变得愈发清晰。

“怎么了？后悔了？”森明见我一早就去办公室找他，觉得很奇怪。

看到他那张不可一世的脸，我有些后悔。

“我想问您一件事。”我硬着头皮说。

我知道我必须放低姿态才能达到目的，所以不论森明问我什么问题，我都会回答。

“什么事情？”森明问。

“关于昨天我要求请几个月假去到 Keukenhof.”我说。

“怎么了？”森明问。

“我想我们有些客户应该知道这个地方，我想向他们了解一点儿情况……”

我的话还没有说完，森明的脸就已经凝固了。我知道他生气了。

“遥远，我警告你，请注意你的职业道德。”他挺直了原本靠在椅子上放松的身体，用他那双锋利的眼睛看着我，“你要把我和我的诊所都毁了吗？如果昨天你让我觉得你只是一时冲动的话，那么现在你的行为已经彻底让我觉得你疯了。”

“我只是想到我们有些年纪大、身份高的客户，也许知道 Keukenhof 的传闻到底是真是假。”我试图向森明解释。

“可是你有没有想过这样做会对病人产生什么后果？你负得起责任吗？”森明说。

“如果别人不相信这些传闻，自然不会把我的话放在心上。除非你也怀疑传闻是真的，所以才不希望我知道太多。”我说。

“我只是希望你不要给我找麻烦。你为我工作了这么久，应该明白我最在乎的就是如何把手术做得更完美。你以为你是谁？你根本不理解真正的生存法则，你根本意识不到你要做的事情毫无意义，你甚至还要求我为你这些没有意义的行为提供便利，你真的太愚蠢了。”森明冲破了共同人的底线，开始践踏起我的自尊心，也许他认为这样做就会改变我。

“我会批准你请期，但是我希望你能在假期结束时按时回来上班。还有，认真准备一下晚上的手术。”森明冷漠地说。

“好的。”我无法再继续多说什么，失望地离开森明的办公室。

森明的反应在我的预料之中。我相信像森明这种自私的男人加入 L 项目一定会成功。人为了生存和繁衍，自私的基因总是占上风。如果人的欲望完全被自私的基因控制，那么生存期限被延长是有可能的。像森明这种浑身上下充满自私基因的人，寿命自然会很长，但他最终一定会是一个最可怜、最遭人嘲笑的幸存者。想象一下，他终于有一天活到了一百五十岁。他一个人孤独且漫无目的地在大街上趺趺撞撞，从远处看就像一根杵在地上的活拐棍，一个东倒西歪的可怕的老怪物。我在心里把森明来来回回地诅咒一通，却到底也没能想出更好的解决办法，但我确信事情不会就这么草草结束，我了解森明，他是一个做任何事情都需要获得满足感的人，手术无可挑剔的成就感，长命百岁的存在感，以及了解一切事情真相后的满足感。

这时桌上的传声器打断了我的思路，是森明的工作指令。

“遥远，劳先生急病发作，你立刻准备一下，马上出发去他家。”传声器里是森明干净利落的声音。

森明的工作指令，我听过成千上万次，它就像装在我身上的一根发条，每当我被现实中的各种琐事拖垮或者被太多不切实际的想法填满变得臃肿不堪的时候，拧一拧发条，我就又恢复成为原来的我。

我和森明以最快的速度准备好手术刀、工具箱和病人档案，换上外出工作时才穿的白色制服，待一切准备就绪，我让司机把车停到门口。当我们走出办公室大门的时候，森明突然转身对我说："好像只有在一起工作的时候，我才能够感觉到你的存在。"

森明说得没错，十年了，我们是工作上的完美搭档。我见证了被无数台手术磨炼过的森明从曾经的默默无闻到如今的炙手可热，目睹了他从性格耿直的青春男孩变成如今这个傲慢不逊的世故男人。L项目也许可以让他活得长久，但却无法让他年轻，衰老的痕迹已经开始在他身上蔓延，一天比一天明显的老态正在慢慢吞噬他的肉体。有时候我会像观察一种动物一样观察森明，看着他探头一样的眼睛在人体器官上来回搜索，欣赏他指挥家一般的双手在病人的身体上开膛破肚，用明快而富有激情的双手诠释着生命的乐章。他还经常在办公室里吃一些稀奇古怪的药，在镜子前面长时间地端详自己的头发、皮肤、鼻子、耳朵甚至后脑勺。我在心里嘲笑这个聪明绝顶的男人完全就是一个没有独立思想的动物，他不哭不笑、没有温度，心无旁骛、只是一个为了L项目疯狂工作的奴隶。

森明的思维就是共同人的思维。

这个世界在我们出生以前就布下了一张网，所有的人一出生就接受了为了改变环境而设立的条条框框，接受了用自我短命的方式去换取个人愿望的伟大且自相矛盾的M计划。

劳先生是我们的老客户，他是一位身份和地位都很高的老人，也是一位每年都需要做手术的老病号。劳先生是M计划的创始人，也是世界能源组织的亚洲负责人，据说他提出“个人潜力保护”的构想时才二十岁。M计划被世界能源组织作为政策法规在全世界范围推广实施时，劳先生已经五十多岁了，他认为以自己当时的年纪加入M计划成为共同人没有任何意义，所以他至今仍旧是普通人。到了八十岁的时候，劳先生的身体状况开始变差。有一次他的右腿静脉血栓严重到必须要做小腿移植手术，由于手术风险很大，劳先生又是德高望重的重要人物，所以大部分医生都不愿意接手这台手术，只有初出茅庐的森明毛遂自荐，愿意给劳先生做换腿手术。森明在不到二十分钟的手术时间里，把一条健康的腿移植到了劳先生身上。劳先生醒来以后对森明说的第一句话就是，我从来没有睡得这么好过。从那以后，劳先生成为森明的长期客户，而森明也因为这次手术成为行业内受人追捧的医生。最近几年，森明又陆续为劳先生做了手臂和肝脏移植手术。森明熟悉劳先生身体里的每一个器官，劳先生说森明就是他新生命的造物主。

劳先生的家住在郊区，从市区开车到他的家至少需要一个小时。森明一路上都在用电话与劳先生的秘书就他的病情进行沟通。老人这次的病很重，他需要更换一颗心脏。心脏是老人身上仅存的几个重要原生器官之一，即使换了新的，恐怕也很难保证支撑长久。

“心脏准备好了吗？”森明问。

“都准备好了。”劳先生的秘书回答。

汽车里的计算机系统与所有客户的家庭手术室是连接在一起的，森明一面查看屏幕上显示的数据，一面叮嘱劳先生的秘书要实时监控他需要时刻了解的各项指标。

“目前来看状态还算稳定，可以进行手术。”森明说。

“有任何异常情况立刻和我联系，我们会尽快赶到。”森明关上屏幕，闭上眼睛。这是他的安静时间，每次手术前他都会躲在某个地方，闭上眼睛安静一会儿，不让任何人打扰。

又过了二十多分钟，我们到达了劳先生的住所。这是一座典型的富人宅邸，因为房屋前面有一块巨大的绿草坪。草坪发源于中世纪晚期的欧洲贵族，可奇怪的是几百年过去了，许多人对于这个奇特的贵族标志还是情有独钟，劳先生大概就是其中之一。拥有和维护一块大面积的草坪需要耗费巨大的人力物力，虽然培植草坪的天然草籽早已不复存在，但设计师要制作出能够以假乱真的仿真草坪，难度也是极其巨大的。这里的草坪看起来那么逼真、那么复古和怀旧，劳先生的内心一定非常满足。

房屋的院子里没有常见的雕塑和喷泉，也没有任何其他的装饰，只有一块巨大的倒锥形白色石头显眼地矗立在草坪中央。它像一滴椭圆形的眼泪，酷似北欧 Kannesteine 那块屹立在海岸线旁的平衡岩石，它的颜色会随着户外光线的变化而发生改变，此刻看起来是光滑的石头，可过一会儿又像是半透明的乳白色夜灯。

有钱人总是以为自己喜欢的东西独一无二，甚至是超凡脱俗的，可事实上他们自身拥有的东西的价值只是来自他们的臆想，所有的东西对于他们来说都是由一种物质构成的，那就是占有欲。虽然占有欲在大部分共同人心里已经不存在了，但它就像散落在富人记忆深处的玻璃碎片，闪闪发光，比如劳先生这样的非共同人。

我们远远地就看见劳先生的秘书站在大门口。据说劳先生的秘书是劳先生的大学同学，两人虽然年纪相当，可他看起来却是三十岁的样子。森明大步流星地向前走去，顾不上寒暄和休息，紧随劳先生的秘书进入房子。

一进屋，我们就开始换衣服，整理手术器械，待一切准备就绪后，我和森明跟着秘书来到劳先生的私人手术室。秘书轻轻推开手术室的门，一张雪白的大床上躺着一位奄奄一息的老人，那是一个被布满褐色斑点和皱纹的皮肤包裹着的衰老生命。每当森明从劳先生身上取下一个衰老丑陋的坏死器官，再换上一个健康鲜活的新器官，通常不到一年的时间，新器官就会再次被衰老吞噬，变得丑陋不堪，可这样一来它反倒更像是从劳先生衰老身体里生长出来的原生器官。每次看到劳先生移植的新器官变得衰败枯竭，我都会无限伤感，而劳先生却表现得无比快乐，有时他甚至用右手指着移植了不到一年的左手说，你看，我的左手和你们当初扔掉的那只一模一样，它就像是从我自己的身体里长出来似的。我隐约觉得劳先生对我后来加入V项目产生过或多或少的影响。

手术台边伫立着一位美丽端庄的老妇人，她是劳先生的太太。老妇人无法克制悲伤的情绪，一见到森明便握住他的手哽咽着说："他这次还能熬过来吗？已经第七次了。"

森明握住老妇人的手，安抚她说："您先别着急，让我先替劳先生检查一下。"森明吩咐我调试检查设备，准备给劳先生做全面身体检查。森明站在手术台左边，从检查机上取下一根管子，管子的一头连着机器，另一头是扫描镜头。森明左手轻轻地按住老人的头，右手拿着扫描镜从老人的额头开始，仔细地对着他的头、脖子、胸、腹部、上肢、下肢进行扫描。大概过了十分钟，森明深深地呼吸了一口气说："除了心脏坏了，其他地方看起来还正常，准备手术。"他转身示意老妇人到手术室外面等候。

劳先生虽然生命垂危，可即便处于昏迷状态也依然散发魅力，从他幸福安详的神情里，看不出丝毫痛苦的痕迹。

劳先生家的私人手术室一点不比大医院的手术室逊

色，各种设施一应俱全，连私人护士都有十几个。森明对这里的一切都很熟悉，因此不需要浪费任何时间。

“心脏准备好了吗？”森明问站在一旁的秘书。

“马上就送过来。”秘书说。

只见四个戴着口罩的护士推着一辆白色推车进入了手术室。推车上放着一个插满管子的透明玻璃箱，透明玻璃箱里是一个用液体浸泡着还在怦怦跳动的心脏。护士们站在一旁，专注地看着体检机屏幕上正在显示的老人身体各项指数。森明先用机械手将老人的胸腔打开，再取出坏死的心脏交给身边的护士，然后自己动手拿出玻璃箱里的健康心脏，以最快的速度移植到老人的胸腔里。待森明将心脏与体内血管全部接通后，再用机械手缝合胸腔。森明的眼睛一动不动地盯着手术监控屏幕，植入老人胸腔内的心脏在屏幕上被无限放大，机械手上无数肉眼看不见的细小触手在屏幕上被看得一清二楚，它们像无数个辛勤工作的小裁缝，仔细地缝合每一根血管。当最后一根血管被缝合上的时候，心脏恢复了跳动，整台手术时间不到一百分钟。

像往常一样，手术一结束我就要向森明汇报手术时间：“九十五分钟，比上次多了一分钟。”森明关上监控屏幕，走出了手术室。

大约过了一个小时，劳先生慢慢地睁开双眼，他看到森明，吃力地露出一丝微笑，就像一个酒醒后的醉汉见到了老朋友，既尴尬又害羞。

“我们又见面了。”劳先生轻轻地张开嘴，微弱嘶哑的声音从他的嗓子里发出来，就像遥远山谷里的一缕若隐若现的青烟。

“您现在很健康。”森明俯身在劳先生的耳边轻轻地说。

“谢谢您又一次救了我的命。”劳先生努力地笑着说。

“不用感谢我，是您自己救了自己。”森明说。

“我对自己已经没有信心了，这是第七次了。你觉得我的身体里还有什么是可以再换的？”劳先生仍旧尝试笑着说话，可虚弱的身体无法支撑他笑出声来。

“先生，您的身体状态非常好，不要想得太多。”森明说。

“遥远小姐，你好吗？要不是因为我今天生病，恐怕很难有机会再见到你。”劳先生看着我，有气无力地说。

“劳先生，等你的病好了，我随时都可以来看你。”我说。

森明听见我说的话，立刻警觉地回头看了我一眼。

“森医生，你和遥远小姐今天要多陪陪我，我想让遥小姐留下来照顾我到明天。”劳先生看着森明，“前几次手术，还没等我醒过来你们就已经走了，这次一定要在我这里吃晚饭。”

森明想拒绝可是又无法拒绝，只好勉强答应。

第二天一早，劳先生就从手术室搬回了卧室。森明给劳先生做完全各项检查后，告诉他一切正常，然后准备告别离开。

我不能就这么走，我鼓足勇气对劳先生说：“劳先生，我想向您打听一件事。”

森明狠狠地瞪了我一眼：“如果没有急事，就不要打扰病人。”

“没关系，森医生，听漂亮小姐说话有利于我恢复健康。您请问，遥远小姐。”劳先生说。

我平复了一下心情继续说：“我想向您打听荷兰一个叫 Keukenhof 的地方。”

“我知道那里。”老人毫不犹豫地说。这完全出乎我和森明的预料之外，老人这种近乎反常的坦率让我们感到很奇怪。

“可是你为什么问这个？”劳先生说。

“有个朋友让我去那里看看，但是所有的人都说那地方根本不存在，所以我才想到问您试试。”我说。

“那里是天堂。”老人一如既往地坦诚。

“那地方真的存在吗？”我继续问道。

森明露出不可思议的表情，不知道是因为我锲而不舍的追问还是因为劳先生坦率的回答。

“那里是天堂。”劳先生又重复了一遍，他眼睛里闪烁着动人的光芒，“那是很久很久以前的事情了，Keukenhof就是亚当和夏娃生活的地方，那里有你无法想象的美丽在诱惑罪恶，如果能永远生活在那里，死也值得。你懂吗？在那儿，你会有一种想要死去的愿望，你会渴望自己的血肉在泥土里腐烂，用饱含自己血肉的泥土滋养美丽的鲜花，这感觉就如同与美丽的姑娘做爱。那是一种死亡与美丽的结合，是一种高尚的性感，只为能在那里得到永生。你理解我说的话吗，你理解吗？”老人越说越激动，脸颊泛起了红晕，呼吸也变得局促起来。

“您需要休息。”森明走上前安抚劳先生，劝他不要过分激动。

森明转过身，生气地看着我：“怎么回事？你想找死吗？”

劳先生还在自言自语似的小声嘟囔着，森明让护士给他注射了镇静剂后，他才渐渐地安静下来。

待我们离开劳先生家的时候已经是中午了。

“我们下车走走。”森明说。

森明让司机找了一处僻静的地方把车停下。一下车，森明就对着我大声说：“你今天差点害了劳先生，你违反了职业道德。”

“我不是故意的。”我说。

“你到底怎么了？是不是认识了什么男人？你爱上他了？是他骗你去 Keukenhof 吗？”我没想到森明竟然会这么直截了当地问我，我感到羞愧不已。尽管我们一起工作多年，但极少谈论彼此的私生活，我不知道他为什么这么问。

“我觉得你很反常。”森明说。

“生活很无聊，想找点乐趣。”这是我的真实想法。

“这是你反常表现的理由吗？最近几个月你总是莫名其妙地提要求，而且还将这些事情与工作搅在一起。我不想干涉你的私生活，可是你要现实点。”森明真的生气了。

“什么是现实？”我问他。

“现实就是老老实实工作，你赚一份可以养活自己的薪水，不要给我找麻烦。你明白每个月的手术评估对我有多么重要，这关系到我的L项目能否继续维持，你现在的状态随时会影响我。”森明说。

森明这种一贯以自己为中心的态度让我很反感。

“我也有我的计划和目标。”我鼓起勇气，看着森明的眼睛说。

“你的目标不就是一直年轻吗？每天把防腐剂涂在脸上不就是你要做的事情吗？这个世界是公平的，付出才有回报，我要长寿就必须永远做手术，做的手术越多，我的寿命就越长。而你呢？除了靠透支自己的生活资源过日子，你还能用什么保障你这张年轻的脸。不论 Keukenhof 是否存在，这件事情都不应该是你这种人应该考虑的，因为你身上的价值太少了。”

森明继续说：“要是在一百年前，你或许还能靠出卖肉体赚点资源。可现在是超级文明社会，隐形的价值链在我们出生以前就已经布局好了，你的价值链决定了你的生活和目标。如果现在有一个人蛊惑你或者给你什么希望，让你抱有一些不切实际的幻想，那他一定是个心怀叵测的骗子，要不就是和你一样的疯子！”

森明一边说话，一边用手将说话时因为过于激动而散落到前额的头发向后捋了捋。

“你的意思是，劳先生和你位于高价值链，我位于低价值链？这和我要去 Keukenhof 有什么关系？你有什么资格阻拦我、教训我？真是可笑。你没有听到劳先生说的话吗？劳先生这种人才是真正的骗子。Keukenhof 一直都存在，是他们这样的知情者在向公众一直隐瞒，难道 Keukenhof 只对劳先生这样的特殊人物开放？或者只对你们这种生来就位于高价值链的人群开放？难道你不觉得奇怪吗，如果你真的比我有价值，你怎么会对这些事情一无所知？”尽管我十分气愤，可是能用来反驳他的话却如此苍白无力。

“我根本不关心那鬼地方，我只是想让你清醒。因为世界本就如此，才会有‘个人潜力保护计划’这样的产物。劳先生虽然不是共同人，但他依然被庞大的资源供养着。他是规则的制订者，负责十几个国家的能源配置工作。他聪明的大脑每分钟涌现出来的灵感或许都可以让你我多活几年，他的价值足够他移植一百个内脏和一百条腿。可是如果有一天，他的脑子坏了，那他立刻就会从价值链的顶端落到底端，说不定比你我都惨，无人问津，自生自灭。”森明越说越激动，脸涨得通红。

“这就是共同世界的生存法则，这个道理在你成为共同人那天起就应该明白。你说 M 计划是骗取我们资源的手段，事实上，我们是在用自己的命换自己的命。至于能换多少天的命，就要看你自己有多少天的利用价值。”

“别说了，我不想听。”埋藏在我心底的压抑被释放了出来，可是脑子却偏偏迟钝得找不到一句可以反驳他的话。

我恨自己表现出来的迟钝，这种让人憎恨的迟钝也时常出现在我与父亲的争斗中。每当我与父亲发生争执的时候，父亲滔滔不绝的大道理就像气势磅礴的大山把我压得喘不过气来。不论我的内心如何垂死挣扎，他都不会罢休，除非我一直微笑、点头和沉默。面对森明，我也是一样，我的懦弱、迟钝和孤独让我在面对强势的对手时毫无还手之力。

我是一个软弱无能的共同人，既无法改变共同人的属性，又无法改变自身毫无价值的事实。

我们都没再说话，彼此沉默了很长时间。

“给你。”森明递给我一罐咖啡。

“你说我的价值比得上这杯咖啡吗？”我抚摸着温暖的咖啡罐，内心一阵凄凉。

“咖啡的味道里有一种既讨人喜欢又不容易被人控制的特质，而且还能让人充满活力。也许你就是咖啡一样的人，既掀不起风浪又不可缺少，你的价值在于活得细致长久，可是你又太脆弱，不知道能坚持多久。”森明说完，抿了一口咖啡。

喝完咖啡，我感到轻松自在了许多，我不愿再去想任何事情。夜幕下的城市繁华美丽，满天的星星闪闪发光。人类真的很伟大，我猜真实的星空也未必会比我现在所看到的美丽，就算一切都不是真实的，又有什么关系。我闭上眼睛，脑海中响起一首歌，一首关于夜晚和黑暗的歌。

不要把我送给天使

这个城市太寒冷

我需要一个拥有黑金色心脏的男人

“不要把我交付给情人

如果他没有宝石”

因为我需要一个能够为自己而战的男人

我已经见到黑色的夜晚

但只有那最黑暗的夜晚

才能够传递我的爱

我已经见到黑色的夜晚但只有那最黑暗的夜晚才能让我付出灵魂

在你从天而降之前我需要一个男人

一个手染鲜血，心存真理的男人

十四

就在劳先生做完手术后一个月的某一天，森明把我叫到他的办公室。

“我答应过批准你三个月的假。”森明坐在办公桌前，盛气凌人地看着我说。

“你说的是真的？”我对他突如其来的转变感到很奇怪。

“你就是这种人，如果一直阻拦你，你肯定会放弃。想让你吃些苦头的话，还是要推你一把才行。”森明得意地说。

自从那天听了劳先生的话，我就已经下定决心，不论森明的态度如何，都要去 Keukenhof 看看。所以我没有表现出特别的惊喜，只是淡淡地回答了一句“谢谢”。

当天晚上，我就联系了山口。

“是我，遥远。你好吗？”

“我很好。你呢？”不知道是不是我的错觉，山口的声音听上去比以前温柔了许多。

“我很好，上次你说的那件事还算数吗？”我说。

“当然，你考虑得怎么样了？”山口像是早就知道了我的决定，语气里没有丝毫的迫切。

“我决定了，我要去 Keukenhof. 我需要准备些什么？比如费用或者其他什么？”我觉得这是一件大事，大事就一定要有周密复杂的准备工作。

“我们五月份出发，现在是四月，还有不到一个月的时间。你可以准备一些共同币，再带些衣服就行了。对了，还要带一些平时吃的营养药。”山口简简单单的几句话就把我心目中设想的大事安排完了。

“就这些吗？”我想再确认一下。

“那你还想怎么样？”山口的声音里带着不屑，我隔着电话都能看到他嘲笑我的样子。

我回答了一句“就这样，再联系”，就先把电话挂了。

十五

转眼到了四月中旬，世界已经变成了春天的样子。

对于从来没有见过真实春天的人来说，这里的春天就是最美的，因为它是按照最美丽的样子而设计的。日本的樱花、荷兰的郁金香、法国的薰衣草、英国的罂粟花、保加利亚的玫瑰、新西兰的鲁冰花、中国的桃花，还有塞浦路斯的野花，一切与花有关的画面都在这里。

花在行人经过的地方自动盛开，在行人走过之后自动凋落。在去书店的路上，我看到了樱花；在回家的路上，我看到了桃花；在去电影院的路上，我看到了紫罗兰；在上班的路上，我看到了雏菊。

鲜花盛开的春天固然美好，但路上的行人却从来不会因为盛开的花朵而驻足停留。偶尔有些不谙世事的孩子被好奇心驱使，拉扯着身边的大人撒娇地问："妈妈，这是什么？"

"这是玫瑰。"女人回答。

"什么是玫瑰？"孩子又问。

"是一种植物，这种植物会开花。"女人回答。

"那这个呢？"孩子指着一只嗡嗡叫的飞虫问。

"是蜜蜂。"女人说。

"为什么会有蜜蜂？"孩子说。

"因为蜜蜂喜欢玫瑰的香味儿。"女人说。

"那为什么我没有闻到玫瑰的香味儿？"孩子说。

"我也不知道。"女人抚摸着孩子的头，无奈地说。

"这些玫瑰虽然是花，但是没有香味。"女人又说。

"妈妈，那你用的香水是玫瑰花的味道吗？"孩子问。

"不是，妈妈用的是百合花的香水。你看，那个就是百合花。"女人用手指着远处的白色花丛说。

"那百合花有香味吗？"孩子问。

"百合花和玫瑰花一样，也没有香味。"女人温柔地看着孩子的脸，微笑着说。

孩子对母亲的回答并没有感到失望，也只有孩子才能如此坦然接受一切现实。就像小时候的我，也曾经问过父亲，雪花是花吗？父亲告诉我，雪花是世界上唯一一种有温度的花，它摸起来冷冰冰的。我问父亲雪花什么时候才会开？父亲说雪花只有冬天才会开，但是我们没有冬天。小时候的我对父亲的回答从来没失望过，那种欣然接受的态度就像是人生第一次照镜子时看到了自己的黑眼睛和黑头发，一切都是那么自然而然。冬天原本就是没有的雪花的冬天。

距离出发的时间还有些日子，我打算找时间去看望父母。

十六

在我父母的那个年代，M计划还只是一个试验性项目，加入的人多是志愿者，这些志愿者多数是狂热的环保主义者，数量占了人口总数的百分之五六十。世界能源组织利用志愿者推广M计划确实是明智之举，经过几十年的不懈努力，M计划终于成为普通人向共同人迈进的重要的一步，申请加入的保障项目也成为共同人的重要身份证明被记录在档案里，成为被终身追踪和监控的内容之一。

对人类来说，这是一项科学的壮举也是一个伤感的抉择。可对我的父母来说，一旦停止挖掘自身价值，就会成为一个随时会被宣判死刑的人。他们在内心努力挣扎斗争，可能够预见到的结果只有悲剧。

我的父母不明白他们即将要成为的共同人到底是怎样

的一种人。

共同人要明白快乐和痛苦的心理感受只存在于有生之年，这种人不能被情感束缚，所以他们不需要再去追求深层次的精神价值，精神相对于肉体而言已经毫无价值。因此共同人被M计划保护起来了，实现肉体价值的最大化、通过夜以继日的劳动成为完美的理想人便是共同人的生活准则。

共同人的思想是静止的，肉体是完美的。

可是我的父母不理解。

共同人的特殊人性让我的父母觉得这个世界缺少一种叫作“希望”的东西，可是“希望”属于前代人。

前代人非常迷恋美味和性爱这些肤浅的东西，而共同人对那些事物不屑一顾。在经历过世界带给我们的无数伤痛与绝望之后，共同人通过自身发展赋予了世界更多的可能性，他们可以在有限的生命里做到前代人望尘莫及的事情。共同人不需要希望，只需要贡献。

我的父母，年轻的时候是前代人，中年的时候是普通人，老年的时候是共同人。他们依然不习惯用共同人的思维去考虑问题。

共同人不同于前代人，他们喜怒哀乐的情感渐渐消失了，不会冲动地去做任何违背常理且有害他人的事情。每个共同人的理想、目标和追求都可以被量化，他们要做的就是在有限的肉体生命中挑战无限的可能。他们并不关心最终目标能否实现，他们的乐趣在于参与一切有助于人类进化的活动，比如山口和我。我们愿意牺牲自己来换取参与这场人生挑战的资格。

前代人的世界里还推崇以爱情为目的的婚姻关系，尽管那是一种落后的关系。在共同人的世界里，最受推崇的婚姻就是以繁衍后代为目的。

我的父母是两个奇怪的人，他们是前代人、普通人和共同人的结合体，他们的一生都在为成为各种不同的人而努力，直到筋疲力尽。

山口和我是两个奇怪的共同人。山口要在有生之年追求真实的爱情，这种想法和共同世界的价值观完全背道而驰；而我呢，拼命努力想要成为合格的共同人，可内心深处由始至终都在向往一个完全不同的真实世界。

“你疯了吗？”这是父亲在听说我要去荷兰时说的第一句话。

父亲是个性格敏感、优柔寡断、暴躁严厉的人。我刚进家门就看见他正在游戏桌前玩电子游戏，脸上洋溢着孩子般开心的笑容，可是一见到我，他脸上的笑容立刻消失了，取而代之的是一张典型的严肃刻薄的父亲的脸。小时候那个对我讲雪花故事的和蔼的男人真的是我的父亲吗？为什么所有的共同人都变得越来越完美，只有他越来越糟糕，也许是他成为共同人的时候年纪太大了，所以至今都无法适应共同人的正常生活。一听说我要去荷兰，他本就僵硬的脸上又增添了几分冰冷，如同一张冰块雕刻成的面具。

父亲是科研单位的研究员，母亲是学校的图书管理员，他们在婚后十五年才加入个人潜力保障计划。依照前代人过渡到共同人的发展进程来看，他们的婚姻原本应该是一个帮助彼此实现价值的过程，可惜这个目的没有达到。母亲的性格天生接近共同人，她沉默寡言，让人看不出喜怒哀乐，脸上总是挂着慈祥的微笑，对我说话永远轻声细语。我小的时候，常常躲在暗处偷偷观察他们，然后在心里比较他们两个人哪一个好哪一个差。我总是期待他们成为标准的共同人，可是父亲那种任何时候都把情绪挂在脸上的习惯总是让我失望和厌烦。

“你为什么非要去荷兰？”母亲问我。

“说了你也不懂。”我不愿意回答她的问题。

“禁区不是随便就能去的地方。”母亲表情严肃地说，“就算能去，也不可能是普通人。”

“她要去找死，你不要拦着。”父亲接过母亲的话说。

“普通人怎么了？普通人不能走路吗？”我没理会父亲，继续对母亲说。

“那要看你在哪里走路。”母亲是一个性格极其倔强的女人，她把整理、归纳和统一生活中的各种矛盾分歧视为人生的重要乐趣，“我不明白你为什么非要去。”

“禁区不一定不能进去，我就是想去。”我说。

“如果发生意外，谁负责。”她说。

“我的生死不需要别人负责。”我说。

母亲没再说话。

父亲见我和母亲之间的气氛愈发紧张，反倒冷静起来。他从厨房端来一壶茶，给我倒了一杯。

“随便出入禁区是违法的。”父亲第一次用这么温和的语气和我说话，可他越是这样我越厌烦，他的任何态度都没办法让我觉得舒服。

我接过父亲递过来的茶喝了一口，然后平静地说：“我就是好奇。”

母亲背对着我站着，她正在酝酿能够说服我的理由，可惜她不是一个善于表达的人。很久以前，母亲的不善言辞是她社交上的弱点，可后来时代变了，母亲的这个缺点变成了优点，她比父亲更像一个共同人。而父亲正好相反，曾经那些三五成群聚集在他周围喜欢听他说话的人都离开了。因为以说话为主要沟通手段的时代一去不复返了，现代社会没人会羡慕一个口才好的人，连靠口才吃饭的政客和律师都消失了。记得我十岁以前还会跟父母说些话，十岁以后我们之间的沟通就不再是说话了，而是理解、默契、怀疑和猜忌。总之，除了说话，一切可以用来进行传递信息的手段，我们都会使用。除非是碰到一些实在难以表达的事情，我们才会迫不得已用只言片语将内心的想法说出来。所以母亲要在当下这个紧要关头立刻想出改变我主意的话，困难重重。

“还记得小荷吗？”母亲终究还是要用这件事情来劝我。

小荷是这里所有人心里的一道伤疤。

小荷是一对设计家夫妇的女儿，住在离我父母家不远的地方。她比我大五岁，两年前离家出走，至今下落不明。

小荷天生不懂什么叫快乐，无论是对她怀里抱的洋娃娃，还是冲她撒娇的小狗，她都无动于衷，似乎这世界上能够激发她热情的东西根本不存在。小荷外表看起来与旁人无异，除了小荷的父母，几乎没有人在意她的这种特殊天性。也许她就是一个不需要培养、教育和学习的、天生的共同人。小荷与生俱来不懂快乐的天性带给她的最大的好处就是不会痛苦，因为一个不懂快乐的人自然也不会痛苦。听母亲说，小荷五岁的时候，有一次在路边看到一个笑得前仰后合的陌生男人，她走到那个男人身边，呆呆站着，眼睛直勾勾地盯着男人看了很久。还有一次，小荷遇见一个号啕大哭的小女孩，她同样也是好奇地盯着小女孩看，然后把双手放到小女孩的眼睛下面去接她流下来的眼泪。

小荷就是这样在一个没有喜怒哀乐的精神世界里长大，可她身为设计家的父母不但没有因为她具备天生的共同人素质而欣喜若狂，反而千方百计让她在未成年的时候就加入M计划并且申请到了一个叫作“幸福感”的项目。幸福感项目就是为小荷这种人设计的，比起M计划里的其他保障项目，幸福感项目的审批流程更加苛刻，申请者如果没有按照要求严格执行条款，项目就会立刻终止，所以申请成功的普通人非常少。小荷父母的做法一直让周围的人感到困惑，身为共同世界的设计家，他们不但不承认小荷的正常表现，反而认为小荷的情感天生有缺陷，他们甚至希望幸福感项目能够弥补小荷在快乐感受上的缺失，这种做法简直不可思议。加入幸福感项目后的第一年，小荷接受了精神状态评估，评估员发现她大脑里的前额叶皮层发育不健全，所以对愉悦感和恐惧感异常迟钝，于是医生在她的大脑里安装了一个感受启动器，感受启动器能够每天定时刺激她大脑里的相关神经元。从此以后，小荷拥有了快乐的感觉。

在这一年里，小荷学会了微笑。没人知道这种微笑是因为她有了快乐的感觉，还是因为大脑里的快乐启动器在操纵她的面部表情。总之，她学会了如何微笑，而微笑就是快乐的符号和象征。但是后来发生的一件事改变了人们对小荷学会快乐的看法。

小荷失恋了，这才让人们认识到小荷的快乐是真实的。自从小荷的大脑里装入快乐启动器，脸上时常泛起的迷人微笑吸引了一个男孩的爱慕。这个男孩在小荷身边陪伴了一年，那些日子小荷不仅每天微笑，还总是发出爽朗的笑声。记得那时候，我经常看到他们手牵着手在附近的花园里散步，有时候他们吵架了，小荷吵架就伤心哭泣，有时候他们在说情话，小荷又被男孩逗得咯咯直笑。所有人都在猜测小荷发出的笑声到底是因为男孩的爱还是因为她脑子里的快乐启动器。直到后来，我们才知道那个爱慕小荷的男孩和小荷一样，也是天生的快乐缺乏症患者，也是因为安装了快乐启动器才有了微笑和难过。对于他和小荷之间发生的一切，到底是因为爱情还是因为快乐启动器，至今仍旧是个谜。

小荷和我一样，是一个没有特殊才能的人，除了透支自己的生活资源，没有其他东西能够用来维持幸福保障项目。后来小荷的生活出了意外，她生病了，她需要吃丰富的食物，需要喝大量的水，于是她再也没有能力继续维持幸福感项目，那个爱慕小荷的男孩也莫名其妙地消失了。男孩离开了小荷，小荷失恋了。失恋后的小荷总是把快乐启动器的强度调到最大，可即便如此，她也无法微笑，她又恢复了以前面无表情的样子。也就是在这个时候，人们才明白小荷和男孩在一起时的所有快乐都是真实的。至于小荷后来为什么失踪，说法不一，有人说她想换个环境去外地生活，也有人说她为了维持幸福感项目和大脑里的快乐启动器贡献了自己的一条腿。但最可靠的说法是，小荷在参加了一个神秘的旅游活动后就再也没有回来。

这就是小荷的故事，一个天生的快乐缺乏症患者在经历大喜大悲后突然消失的故事。没有人知道她遭遇失恋后内心是何种感受，没有人知道她除了缺少快乐基因是否还拥有其他丰富的情感，没有人关心她是不是还爱着那个男孩，没有人探究过她的思想，没有人在意她的生死。附近的大人们都在担心自己的孩子会走上和小荷一样的道路，而我也许是唯一一个替小荷感到高兴的人，我相信她正在通往快乐世界的路上。

母亲试图用小荷的事情说服我改变主意，她真的很失败。

“小荷只是做了她愿意做的事。”我平静地对母亲说。

“你和她一样单纯，你难道没想过她为什么到现在都没消息吗？”母亲失望地看着我说。

“那是她的选择。如果我要做一件谁都无法理解的事情，同样也不会告诉任何人。”我说。

“我一直想问您和爸爸，你们这辈子最想做的事情是什么？你们做过吗？”说完这句话，我的嗓子有些发紧，眼睛变得湿润。这是一种很多年都没有过的感觉，可是我拼命压抑着，我是一个共同人，我不应该哭。

“我们做了这辈子最想做的事。”母亲和我一样，似乎也在拼命压抑一种久违的激动。她的嘴唇微微颤抖，像是有无数的话要在此刻向我诉说。我幻想母亲一定要对我说很多话，我渴望着等待着，可最终她没有。

我恨他们也恨我自己。二十几年来，我们之间不曾说过许多话，也不曾在一起吃饭，父亲那种对一切都暴跳如雷的态度，母亲就像个会说话的哑巴，我讨厌他们。我们之间埋藏着无数颗看不见的定时炸弹，任何不经意的触碰都会引发爆炸。为了彼此免于受到伤害，沉默一直是我们最好的选择。

“我再过一个月就走。”我只有这一句话想对他们说。失望已经让我无法再继续与他们进行更长久的告别。

父亲走过来，他望着我，第一次离我这么近。我终于能看清他的脸了，他的脸布满皱纹，和劳先生那张衰老的脸一模一样。父亲是在向我讲述雪花故事的那天，忽然一下就变得这么苍老。也许父亲让我感到厌烦的真正原因就是他的衰老。

“你妈妈和我这辈子做过最重要的事情就是放弃了自由，给了你现在的生活。”父亲好像拼尽了全身力气才说出了这句话。

母亲走到父亲身边，用手轻轻地按住父亲的肩膀。

“我要让她知道她现在的生活是怎么来的，否则她会把自己毁了。”父亲继续说，“我们为了你放弃了自己的生活。我们本来不想告诉你这些，但你现在要去一个地图上不存在的地方，谁都不知道会发生什么意外。如果你出了什么事，那我们曾经的努力就都没有意义了。”

父亲第一次面对面对我说了这么多话，其实我根本不明白他在说什么，但是这让我好像不再像过去那么讨厌他了。

父亲和母亲的寿命都不会很长，因为M计划开始普及的时候，他们已经五十岁了。M计划向五十岁以上的普通人提供的保障项目很少。父亲希望一直在研究所工作，所以申请了“工作保障项目（W项目）”，母亲的选择余地很小，只能放弃图书管理员的工作，申请“主妇保障项目（H项目）”。为了能够加入W和H这两个保障项目，他们放弃了分配给共同人的医疗保障资源。他们对自己的身体一直很有信心，从不相信会得要命的病，可不幸的是他们后来都得了严重的慢性病。依照保障项目规定，他们将无权使用共同人医疗资源，所以只能靠一些普通的药物维持脆弱的生命。至于这些药能保证他们存活多少年，就要看运气了。

不过我并没有为此感到伤心和痛苦，因为我们的宿命就是被给予再被吞噬，要生存就必须接受这个宿命。

“你们为了我违背了自己的意愿吗？”我不可理喻地看着父亲，一瞬间消失的憎恨又回来了。

“我和你母亲结婚的时候已经三十五岁了，结婚以后你母亲很快就怀上了你。那时候社会很动荡，资源短缺得厉害，世界能源组织又刚刚开始推行个人潜力保障计划。当时有很多人害怕这个计划会给生活带来灾难，所以不满情绪很高。为了平衡各种想法和需求，世界能源组织提出了一个解决方案，就是让所有的人自由选择：在M计划执行区生活，还是在非M计划执行区生活。也就是说，曾经有两个地方供我们选择，一个就是现在的共同世界，要遵守《共同人宣言》，要执行M计划，要加入不同类型的个人能力保障项目；另一个是自由的地方，没有‘共同’法则的约束，大家依然按照前代人的方式生活。当时的自然环境很恶劣，生存环境非常复杂，没有人保证非M计划执行区永远不会改变，而共同世界里至少还有我们看得见摸得着的东西，还有生活的希望，所以大多数人选择了前者。考虑到你的未来，我们最终也决定留在M计划执行区生活。”

父亲说完话回到餐桌旁坐了下来，他将茶杯放到嘴边抿了一口，身体向后靠在椅子上。他没有放下包袱后的如释重负，反倒像是一个刚刚结束重大比赛的象棋选手，沉浸在结局惨败后的失落中。母亲走到父亲身边也坐了下来，他们都低着头不说话，而我的大脑里此刻只有空白。

“你们为什么不早告诉我？”

“出于对下一代的保护，世界能源组织要求我们对这件事情的历史要轻度保密，建议我们不要主动向下一代描述事情的经过，尽量用时间去淡化共同世界的一切历史，让下一代可以自然而然地接受共同世界的人造环境，幸福地生活。”母亲说。

“荷兰属于非 M 计划执行区吗？”我问道。

“我们也不知道，确实有很多人猜测‘非 M 计划执行区’就是官方公布的禁区，也可能是没有放入地图的地方，但也只是猜测而已。”母亲说。

我的胸口涌起一股按捺不住的情绪，是悲伤，我终于哭了。这场眼泪来得太迟了，为了这段历史，为了直到今天才知道的真相。我走过去，加入进衰老的父母中间，和他们紧紧挨着坐在一起。二十几年来我们说过的话未曾超过一百句，可是就在刚才，他们两人以共同人的身份向我讲述了这个世界和这个家庭的起源。现在的我不可能再像新生儿一样能够欣然接受所有的一切，我无法不让自己哭泣。我决定从现在开始要像西西弗斯一样，为改变无法改变的现实而努力。

有很长一段时间，我反复读这首诗，因为我的心就是被海洋环绕着的地面。这首诗写出了我得知真相后的一切用语言无法描绘的震惊、困惑、迷茫和无助。真相是黑洞，是深渊，是海洋，是星辰的荣光，我的心泛着小舟，被真相环绕着，没有去路也没有归途，只有永无尽头的漂泊。

好似海洋环绕着地面

丘特切夫

好似海洋环绕着地面，
世上的生命被梦寐围抱；
夜降临了——大海朝着岸沿
拍击着它的轰响的波涛。

它在催逼我们，恳请我们……
魔力推动小舟离开海港；
潮水上涨，飞快地把我们
带往无涯的黝黑的海上。

星辰的荣光燃烧在中天，
天穹从深处窥视着小舟，
我们航行在无底的深渊，
烈火熊熊，环绕在我们四周。

十七

三月底，山口联系了我。

“准备得怎么样了？”山口的声音在电话里听起来很高兴。

日本男人的模样在我脑海中早已变得模糊，但是电话里他年轻而生动的声音却在帮助我勾勒出他的一幅肖像。

“已经跟公司请过假了，只是我还在考虑……”我说。

“考虑什么？”山口问。

“没什么，只是觉得就这样做有点草率。你去过荷兰吗？去过 Keukenhof 吗？那是一个怎样的地方？”我问他。

“没去过。”山口毫不犹豫地回答道。

“那你为什么找我一起去？”我问他。

“我已经解释过无数次了，在日本遇到你的时候，我觉得你说话很有意思，对我很有启发。”山口说。

“什么启发？”我说。

“你说想看看真实的世界。我每次看到樱花的时候都会想起你说的话，就像回到了小时候，你让我想起小时候的一个朋友。”山口的语气突然变得很深沉。

一个被二十岁年轻肉体包裹起来的六十岁灵魂，对一个女人说她让他想起了小时候的伙伴，这是无论如何都不会让女人觉得舒服的话。

“共同人已经没有意识了，他们的意识消失了，但是你还有。”山口好像在喝什么东西，我听到他喉咙里发出吞咽液体的声音，“在你伸手摸樱花的那一刻，我就知道你与众不同，我看到你的灵魂出窍了，你的灵魂和樱花一起到处飘荡，像个流浪汉的幽灵。”

不知山口是在故意调情还是因为喝了让人神志不清的液体才说了这番话，总之他在给我灌输一种邪恶的思想。我认同他的话，但我不希望他把这些话说出来，我希望这些话被永远封存在彼此内心的最深处。这些话在没有被其他人说出来之前，只属于我一个人，可现在被山口说出来了，那他就是一个掠夺者，他占有了本该属于我的那种叫作“意识”的东西。

电话里安静了很长一段时间。

“你神志不清了吧？”我首先打破了沉默。

“我喝酒了。”山口说。

“你真的神志不清了，世界上哪里有酒？”如果他有酒，那就证明他真的不是一个正常的共同人。

“我有很多前代人的东西。”他说。

这个家伙竟然有酒，实在太可怕了。

“我想我们可以成为朋友。”山口说。

“什么是朋友？”我问他。

在我们的世界里，信息技术维系着庞大的基本交流，人们习惯用说话以外的方式进行沟通，所以早就习惯了独来独往地生活，朋友不过是一个关于前代世界的美好记忆。共同人拥有至高无上的精神世界，他们私密的精神世界既不向外人袒露也无法被深入探究，我们每一个人都是一个大千世界的主宰。

山口怎么会是我的朋友？就因为我们偶遇又碰巧都在寻找我们自认为这个世界里缺失的某种东西便可以成为朋友？我天生就是一个与外界格格不入的人，我原本就打算孤身一人在人间探索，我有独立行走的精神，我不需要依赖任何人。拥有朋友不是件光彩的事情，我害怕与山口建立某种情感上的联系，这样会显得自己无能。

“朋友就是两个心灵相同、性格相投、有共同志趣的人，就像现在的我和你。你没有过朋友吗？”山口说。

山口说到“朋友”两个字的时候，不但不觉得尴尬和羞愧，反而洋洋自得。

“我当然没有朋友，我才三十岁，我出生的时候朋友早就消失了，朋友是你们老人才会怀念的关系，你看过《没落的情感》吗？婚姻、爱情和友谊是历史现象，婚姻在历史的长河中最先被淘汰，所以我们不提倡婚姻；其次被淘汰的是友谊，所以我们不需要朋友；未来淘汰的将是爱情，所以未来我们或许连爱情都不需要了。”我说。

“共同世界里人与人之间的关系不是为了走进彼此的内心，而是为了带给对方价值。比如婚姻关系带给对方的最大价值就是繁衍后代，父母与子女的关系带给对方的最大价值就是延续家族血脉。而朋友带给对方的是快乐、理解和支持，所以我不明白为什么朋友关系会被共同世界淘汰。”山口像是故意在给我时间去思考他说的话，停顿了一会儿，他又继续说，“朋友不是束缚，是一种深刻的人生记忆，是前代人留下的精华，是你们这种人一辈子都无法体会的幸福的感觉，真可惜你没有过朋友。”

我这种人？山口的表述真是莫名其妙，难道他跟我有什么不同吗？哦，对了，他是老年人，他身上有我父母的影子。他们是一群心理畸形的共同人，一方面是M计划的坚决拥护者和执行者，另一方面又时常表现出与共同人格格不入的世界观。这种复杂矛盾的性格增加了山口的神秘感，而男人的神秘感对女人来说就是致命的吸引力。

我对着电话另一端的山口说："你说的朋友是一种落后的情感，它和我没有关系。我们有各种手段让自己变得聪明、美丽、长寿、能干，每个人的精神欲望和肉体欲望都可以通过科技手段得到满足，就算是单纯个体情感的缺失，比如爱与被爱的需求和渴望，也完全可以通过科技手段获得满足，所以我们才会更加幸福。前代人依赖感情合作变得强大，朋友完全是一种功利性的情感补充。而共同世界用科技飞速地创造价值，根本不需要任何带有功利性的情感关系。有强烈情感交流渴望的共同人是不正常的，我们必须锻炼自己独立思考、独立进化，这才是有意义的事情。"

我对自己的这套说辞颇为满意，但是我必须承认，我无数次怀疑过并且诅咒过用科技手段弥补人类情感的方式。我想起了小荷，我真正想告诉山口的是，我有过无数次渴望告诉某个人快乐和悲伤的冲动，但是我不能。

"我们可以把这次旅行当作一次试验，看看我们是否能够成为朋友。或者我们打一个赌？"山口说。

"赌什么？"我问他。

"赌你会需要我。"他说。

"什么意思？"我又问他。

“赌未来的某一天我会成为你需要的人。如果你输了，我们就是朋友；如果你赢了，就当我们从来没有认识过。”他说。

十八

五月五号是我出发的日子，四月三十号山口的电话又打来了。

“五号我们在史基浦机场集合。”说完就把电话挂了。

我期待他能多说点什么，可是他没有。

距离出发的日期越近，我越是忐忑不安，我不知道自己在即将到来的旅途上胜算多大，可是事情的发展又与当初预想的一样，三十岁以后的人生，正在发生改变。

兴奋、忐忑、期待交织在一起的复杂心情让我的焦虑不知不觉转变为亢奋，我有了一种冲动。我打开冰箱拿出今天收到的 Mate 红色液体特供药，这种红色液体总能让我有一种脱胎换骨的感觉，一种蛇蜕皮时的性感。

Mate液体被分装在三支拇指大小的透明密封玻璃瓶里，寄到我手里的时候，被存放在一个冰盒里冷藏着。我拿出一支玻璃瓶放在灯光下仔细端详，这区区五毫升的液体里到底是什么？我要用多少资源才能维持现在的身体状态？我用特殊工具切开玻璃瓶口，里面的液体就像开启后的红色香槟酒，兴奋地喷涌而出。我迅速地将红色液体倒入早已蓄好热水的浴缸里，红色的黏稠液体在水里慢慢地扩散。不一会儿红色消失了，浴缸里的水变成了闪着亮光的奶白色。我把手伸进水里，手感像拔丝焦糖般顺滑黏稠。我脱去睡衣，赤身裸体踩进浴缸，奶白色的黏稠液体就像一层婵衣包裹住我的身体。过了一会儿，液体渐渐凝固，我只觉得浑身上下略微有些发紧，就像一个被麻布包裹得密不透风的木乃伊。就这样大概过了一个多小时，身体外面裹缚的银白色物质不见了，浑身上下的皮肤也松弛下来。浴缸里的水又恢复了清澈，Mate红色液体里的精华已经彻底被我的身体吸收了。从浴缸里出来，擦干身上的水，站在镜子前面，看着自己光滑如雪的肌肤和容光焕发的脸庞，我确信自己又完成了一次升级，我比昨天更加年轻了。

山口应该也和我一样，每天做着同样的事情，在镜子前欣赏自己的肉体。想到这儿，我感觉身体有些发热。

“您本周的水量已经不多，请注意。”能源监控系统又在警告我。有家人的提醒多么幸福啊！

每当在镜子里看到焕然一新的自己，我就觉得自己还有价值；每当能源监控系统发出语音警告，我就觉得自己并不孤独。

山口说他住十平方米的房子，吃饭、睡觉、日常用品全部定量，甚至连留给自己的思考时间也会定量。他摒弃了一切多余的东西，说他只保留生活中的必需品，他说他害怕杂乱无章，生活中的一切都要有序，不能烦琐，不能重复，他说V项目让他把生活过到了文明的极点。

我取笑他有一个机器灵魂而不是人的灵魂，他给自己的一生都设定了程序。

我开始有些想念山口，他说过的话像录音带一样在我的脑海里一遍又一遍回放。

我的心与他进行了穿越时空的交流，我的心在脑海中与关于他的记忆进行对话。

我的心问："你每天如此克制，不痛苦吗？"

我记忆中的他回答："习惯了就没有痛苦，只有这样才能换到你想要的东西。"

我的心说："这才是共同世界最疯狂的地方。什么都不够用，什么都要去换，人为什么要活在这样的世界里？"

我记忆中的他说："没办法。当一个一无所有的人想要获得某种东西的时候，身体是他唯一的本钱。"

我的心说："可是我们交换到的东西是我们做为人本来就应该得到的，用自己的东西去交换本来就属于我们的东西，这难道不是人类的悲哀吗？"

我记忆中的他回答："我不同意你的观点。难道你天生就具备长生不老的基因？你是说，你在用你自己的水、电和食物换取你自己的青春？地球上能用的东西越来越少，可是人的欲望越来越多，个人的掠夺和占有只会将我们带入万劫不复的深渊。这个世界上再也不会有任何一样东西是属于个人的，所有的一切都将被共同拥有，只有遵守共同法则，才能在残酷的竞争中生存。"

我记忆中的他又说："试想一下，如果我们不是生活在现代，而是生活在前代，那你的理想又会是什么？你也许又会幻想真实世界的另一面，一个虚假的世界。"

我的心说："也许吧。"

我记忆中的他说："我们都想成为理想人，但这辈子恐怕无论怎样努力都无法实现，可是我们敢于挑战做人的极限。"

我的心对他说："可是我们到现在都还无法完整定义理想人的概念。"

我记忆中的他说："按照自己的感觉走，我认为理想人就应该为追求精神和肉体的双重幸福而永远努力。"

我的心又说："可你还说过，拥有真实爱情的人才有资格成为理想人。”

我的心乱极了，关于山口的零星记忆再也无法被拼凑起来，我的心停止了与山口的对话。

山口总是能够从一个话题引申出无数个话题，就像在我的心里撒下一颗种子，这颗种子会在与他交谈的短短几分钟里成长为一棵大树，然后我们就一起坐在这棵树下乘凉，开始讨论树上结的每一粒果子。

夜晚躺在床上，我的脑子里在循环播放着一首我最喜欢的前代人写的歌。前代人真了不起，他们了不起是因为他们太幸运，他们有太多真实的素材可以发挥利用。尽管我们的音乐更加美妙精密，甚至连歌手的声音都是经过科学计算后再合成婴儿、男人、女人、海豚、雨水、瀑布等自然界所有声音中最动听的部分而设计制造出来的，但还是不如前代人的音乐那么动人心弦。我想这种心动的感觉是被那时的真实环境所滋养出来的，他们看到的花是真的，闻到的泥土味是真的，所以唱出来的歌儿也是柔软香甜的，是有热度的。当前代人的歌声进入你耳朵里的时候，就像是冰冷的心被温热的手握住了似的，立刻融化了。

如果有可能的话，我愿意生活在过去，生活在前代人的世界里。

……

There is no limit that I would not go

If I could lie beside

Where you are, there is a different out there

Love in the jungle can be hard to realize

What a shape! someone you can't forget for any time

Oh, let me show you mine immediately

After dark where the lights are fading sweet and low

I wanna be there, I wanna be there

We leave immediately

After dark where the lights are fading sweet and low

I wanna be there, I wanna be there

We leave immediately

After dark

……

(After Dark, Kylie Minogue)

十九

出发去 Keukenhof 的前几天，我做了一些准备工作。

我告知能源监控系统将要离开中国的时间，能源控制系统向我确认，外出期间使用的所有生活资源，将用共同币按照能源市场价格的三倍限量购买。

我又给父母打了一个电话，他们反应平淡，但与我无关。

我又给我的老板森明打了一个电话，他的反应也很平淡，但我不在乎。

我找来前代诗人写的一首关于旅行的诗，诗对我来说和音乐一样重要，它们用文字和旋律鼓舞我，让我获得了一种在共同世界里无法获得的勇气。

二十

旅　行

泰戈尔

我旅行的时间很长，
旅途也是很长的。
天刚破晓，我就驱车起行，
穿遍广漠的世界，
在许多星球之上，留下辙痕。
离你最近的地方，路途最远。
最简单的音调，需要最艰苦的练习。
旅客在每一个生人门口敲叩，
才能敲到自己的家门；

人要在外面到处漂流，
最后才能走到最深的内殿。
我的眼睛向空阔处四望，
最后才合上眼说：“你原来在这里！”
这句问话和呼唤：“呵，在哪儿呢？”
融化在千股的泪泉里，
和你保证的回答“我在这里”的洪流，
一同泛滥了全世界。

二十一

按照约定，五天后我们会在荷兰阿姆斯特丹机场碰头。

前代人的生活很有意思，生活在冬季的人可以到适逢夏季的地方避寒，生活在夏季的人可以到凉爽的地方避暑，他们在一天之内往返不同的地方，在一天之内体验春夏秋冬四个季节。而我们呢，不论去哪里都只需要带一个季节的衣服，不用适应新的环境，也不会有任何期待。

从踏出机场进入阿姆斯特丹的那一刻开始，我的内心变得比想象的要平静。占了大半个天空的巨幅红白蓝条荷兰国旗在机场上空中徐徐飘扬，国旗像是被嵌入天空里一般，和黑夜奇妙地融为一体，它燃起了我的热情，让我的心里涌起一股迫切想要见到山口的冲动。

由于记不太清楚山口的样子，所以我只能凭印象在机场里来来往往的人群中寻找着似曾相识的人。不一会儿，我就看到一个身穿深蓝色夹克肩上背着一个大旅行包的人在人群中左顾右盼，就在我们同时看到彼此的那一刻，我们认出了对方。山口的头发修剪得略短了一些，看上去比在东京的时候更加年轻。

我们穿过人群走向彼此，同时伸出右手握住对方的右手，我的心在怦怦地跳。

“你看上去过得很不错。”山口笑着对我说。

“你也是，看上去年轻多了。”我也笑着回应。

“真的吗？我最近在尝试用一些新产品，可以送你一些。”听了我的话，他似乎很高兴。

“谢谢，我现在不需要，我可比你年轻多了。”我得意地说。

“那可不一定，要是有一天所有的药对我们都失效了，那我们就会在一夜之间变成彻头彻尾的老人。”山口说。

“那时候没有药用的又不是只有我们，何必这么早就开始担心。”我嘴上这么说，心里却在嘲笑他典型的老人心态。

“当他们发现你没有价值的时候，就会停止供应这些让你年轻的‘燃料’，所有的保障一夜之间都会消失，你的生命也就到了尽头。这些都不是我们所能够控制的。”他有些悻悻地说。

“难道我们一见面就要在机场讨论这种话题吗？”我实在是不想讨论这个沉重的话题。这和我预想的久别重逢太不一样，我说不清楚到底哪里不对，也许是潜意识里渴望山口能够给我一个久别重逢的热烈拥抱。

山口走过来拿走我手中的行李，朝机场外走去。他的背影看上去特别像一个受了伤害的孩子，孤独、失落，需要被人安抚。

“你看起来真的比上次年轻多了。”我没话找话地对他说。

“你没骗我？”山口也很配合我，故意嗔怪地说。

“你难道不照镜子吗？如果担心别人骗你，你应该像个自恋狂一样多照照镜子。”我说。

“镜子是一种让人对着它说假话的工具，是人类发明的一种自欺欺人的工具。所以我更愿意相信别人说的话，特别是你这种人说的话。”山口说。

我成功地转移了山口的注意力，转眼的工夫他就又恢复了玩世不恭的做派。他总是在严肃和轻松的状态之间摇摆不定，不论处于哪种状态，他都会留下一堆看似肤浅但又深刻的问题，他的一切都让我觉得飘忽不定，可是每当与他面对面的时候，我又会被他眼睛里投射出来的单纯和坚毅吸引。山口就是我眼前的一个错觉和一个幻影。

在后来的旅途中，我无数次想要在他身上寻找问题的答案，比如为什么他的思想行为方式和其他共同人不一样？可是每当我试图靠近他，并且想要把一切困惑像口中的香烟一般轻轻吹进他耳朵里的时候，结果都令人失望。我参照了前代女人的做法，以为用这样一种近乎魅惑的方式可以使他做出回应，但事实证明这只不过是我的一厢情愿。每当我幻想用我的飘忽不定应对他的飘忽不定，结果都是惨败。他锋利的目光一眼就看穿了我的想法，可每次他都笑不作声，像置身事外的第三者，冷静地等待、观察，甚至迎接我的进一步企图。他让我愈发感觉到自己的愚蠢，于是我放弃了对他的了解和探索。我的心对山口可能早就发生了一丝从反感到喜欢的变化。如今我们结伴前往真实的世界，我的人生理想已经实现了一半，在接下来的日子里我不应该再做一条阴暗丑陋的攀附在他身上的藤蔓。

走出阿姆斯特丹机场，我们看到一部正在等候的汽车。我们朝汽车走去，只见从车里走出来一个戴着帽子的男人。他帮我们把行李安顿好以后便上了车。待我们上车后才发现这个戴帽子的男人坐在司机的位置上。这个男人看起来既不像日本人也不像中国人，当他把帽子摘下来的时候，我看到他脸庞上文着一圈细细的铁链图案，文身异常逼真，乍一看像是一条细细的小蛇盘在脸上。

“你们想让我说什么话？日语、中文、英语、荷兰语还是共同语？”他用英语问我们。还没跟我们正式打过招呼，这个男人就已经表现出了单刀直入的说话方式。

“共同语吧！”山口说。

“这是我说的最差的一种语言。”男人说。

这个脸上有文身的男人虽然不太情愿，但还是用不太流利的共同语跟我们交谈起来。

“你是哪里人？”我问他。

“本地人，不过父亲是日本人，母亲是荷兰人。”

“原来是混血儿。”我小声地说。

“哈哈，你信了，看来这个回答百试百灵。”文脸男神经质地笑起来，那圈蛇一样的铁链也跟着他脸上的肌肉扭动起来。

文脸男是一个长着一头金发的英俊男人，欧洲人的面孔，蓝色的眼睛，薄薄的嘴唇，干净洁白的牙齿，灿烂迷人的笑容，看不出一丝一毫的亚洲人基因，难怪他会嘲笑别人把他是混血儿的玩笑当真。他个子不高，但身材匀称，穿着一件红色的麻布衬衫，衣角被随意地塞进了下身的蓝色牛仔裤里。他的外表并不怪异，只是他脸上的文身、说话的方式和发出的笑声总是让人不舒服。

“你认识他吗？”我问山口。

“认识，Keukenhof 就是他介绍的，他是导游。”山口三言两语交代了这个奇怪男人的来历，根本没有想要打消我顾虑的意思。

“什么？他介绍的？你清楚他的底细吗？”我期待山口能给我一个正常的解释。

“他就是干这行的。”山口说。

“哪一行？”我问道。

“导游。”山口说。

“什么导游？”我继续问他。

“就是专门去这种地方的导游？”山口说。

“你为什么就不能把所有的事情原原本本地告诉我呢？”我生气地说。

“我可以告诉你，但你是个敏感多虑的人，知道得越多对我们的旅行越没好处。我不希望你顾虑太多，况且也没有什么值得隐瞒的，他只不过是一个不够光明正大的导游，专门带一些人去这种特殊的地方而已。”山口说。

“问题是我担心这样不合法。”我看着山口说。

“至少不违法。”山口地说。

“你是怎么知道这个渠道的？”我继续问他。

“因为我比你大三十岁。我们可以换个时间再谈吗？你的口气越来越像在审问犯人，等你冷静的时候再谈。”他拉下车窗，身体向后靠在座椅上，眼睛朝窗外望去。

“我们现在可以出发了吗？我叫尼奥。”文脸男看着我说。

“她叫遥远，我们走吧。”山口对文脸男说。

驾驶座前面没有方向盘，只有一个显示地图的控制显示屏。这个叫尼奥的文脸男像是在用荷兰语对着屏幕说了一堆类似指令的话，然后汽车就启动了。

阿姆斯特丹的街道两旁是一眼望不到尽头的风车，这些风车慢悠悠地按顺时针方向转动。它们看上去触手可及，可当我将手伸出车窗外试图触碰它们的时候，它们就接二连三地消失不见了，可不一会儿它们就又都冒了出来。我不停地伸手触摸沿途的风车，看着它们一个一个消失又一个一个冒出来。荷兰是一个多么可爱的国家，就像是玩具组成的童话世界。

“你真无聊。”山口说。

我没说话，因为没有人能够理解我此刻内心的不安，只有这些风车才能让我略感轻松，它们成了此刻治愈我心灵的法师。荷兰的设计家和日本的设计家一样伟大，他们把风车设计成一种户外的减压工具，实在了不起。

我把手放回车里，拉上车窗，闭上眼睛，不愿说话。脑海中无数的疑问让我无法在车里淡定地坐到终点，我觉得自己被莫名其妙地拖进了一个黑暗的深渊，一点儿反抗的力气也没有。我开始怀疑自己是一个被陌生人的甜言蜜语哄骗上了贼船的愚蠢女人，我想象自己被人讨价还价后转手卖给某个驻扎在禁区的淫窟魔头。我要想办法离开吗？或者我要再试探一下身边的这个日本男人？假如文脸男是他的同伙……

我到底还是没能想出什么好主意，只能拖着毫无力气的身体等死。

我后悔了。

人就是这样，有探险的欲望就会有冒险的成本。我以为自己准备好了一切，可直到现在才明白有一种恐惧是再充足的准备也无法克服的。

“你是第一次来荷兰吗？”文脸男尼奥问我。

“是的。”我说。

“难怪，每次碰到第一次来荷兰去 Keukenhof 的人，都和你的状态一样，好像我要把你们卖了一样，哈哈。”文脸男说话的时候状态非常放松，他一边用共同语跟我聊天，一边熟练地切换荷兰语指挥汽车前行。

“真的有那个地方吗？”我问他。

“你说那个公园吗？当然有，不然我们靠什么赚钱。”尼奥说。

“去的人多吗？”我问他。

“不多，很少人知道这个地方，就算知道也不一定有本事去。人通常有一个习惯，没能力得到的东西，就会在心底里认定那个东西根本不存在。那些没有冒险精神的人多半就是这种善于自欺欺人的人。”尼奥煞有其事地说，脸上的细铁链一直跟着他的表情上下起伏。

“可是我什么也没有，怎么也能去 Keukenhof？”我疑惑地问他。

“那就要感谢你的朋友了。”尼奥好像话里有话。

朋友，他竟然把山口称作是我的朋友。

“你们在说什么？”看到尼奥和我谈得很投机，山口显得不太高兴。

“他在告诉我一些你不想告诉我的事情。”我幸灾乐祸地说。

我继续问尼奥：“这么做合法吗？没人管吗？我的意思是说，会不会引起什么麻烦？”

“我明白你的意思，但你要明白，人在任何时候的任何欲望都会得到满足，只要你肯付出一些东西。比如原始社会就是通过捕猎使人的欲望得到满足，前代人和现代人的手段就更多了，从金钱交易到物质交换再到资源互换。总之，越是先进的文明社会就越是能够把一切可以利用的要素结合起来，再通过一种最完美的方式实现最完美的利益交换。”尼奥说。

文脸男的共同语水平完全不像他自己说的那么差，虽然他巧妙地避开了敏感问题，但我还是完全理解了他要表达的意思。

“最完美的方式是什么？”我问尼奥。

“你是共同人，你应该最清楚。”他反问我。

“你不是共同人吗？”我又反问他。

“我是共同世界的人，但我不是共同人，我是另外一种人。”尼奥回头看了我一眼，邪恶地笑了笑说，“一切不可控的东西就是最完美的，它可以用来交换一切东西。”他脸上的细铁链又跟着肌肉在变化，让人毛骨悚然。这个叫尼奥真是高深莫测。

“一切不可控的东西？”我在心里回想着他说的这句话。

“比如某一个不可控的人，某一种不可控的美，某一种不可控的事物。”尼奥说。

“哦，妈的！你这个蠢货，差点走错地方。”尼奥突然对着操作屏幕大声叫喊起来，汽车像是听懂了他的话，立刻一个急刹车停下了，“抱歉，再好的车也有溜号的时候。”他回头看着我和山口，不好意思地说。

“这就对了，宝贝，一直向前，慢点开，前面可是闹市区。”他话音刚落，汽车就立刻重新启动起来。尼奥回头对我说，“小姐，我们有空再说，我要盯着这笨家伙才行。”

车窗外的景色真美。前代人说人一辈子要留一个春天给荷兰。是真的吗？街上的行人寥寥无几，他们面无表情，端庄高雅，眼睛只顾看着前面，和所有的共同人一样。

数不清的半透明白色风车在视线所及的范围内到处漂浮，忽大忽小的，忽明忽暗，消失了又再出现，和夜空中留守的星星一样使人内心平静。风车比不上樱花的绚烂夺目，但却别有一番韵味，它蕴含着一种深邃，这种深邃是它缓慢的旋转所释放出来的一种无比美好的能量，和樱花下落时缓慢的律动所释放出来的美丽能量一样，你的灵魂会被这种美好的能量抽离出来，与风车融为一体，随着它一起旋转。你赋予风车你的灵魂，于是风车就有了人一样的生命力。若隐若现的风车就像经过你身边的一个个行人，它们甚至比行人更加生动，它们优雅转动的姿态如同人脸上的喜怒哀乐，它们温柔地看着你到来又看着你离开。

“你在想什么？”山口问我。

“听音乐。”我闭着眼睛说。

“能让我听听吗？”山口说。

“不能，我脑子里的音乐只有我自己才能够听到。”我淡淡地说。

“说不定我现在听的音乐和你的一样。”山口说。

原来山口也是Absolute音乐公司的超级用户，这世上竟然还有和我一样痴迷音乐的人。我睁开眼睛，有些意外地看着他。山口笑着对我说：“我向你推荐一首歌，

Lana Del Rey 的 *Never Let Me Go*. ”

还没等他把话说完，这首歌就已经开始在我的大脑里播放了。

……

I don't wanna sleep on this night

We got a day along was born like a wing

Please help for me

Oh dance with melody

Feel my heart seems so bright again and again

And feel my heart like nobody has done before

Wanna be with you

Baby baby never let me go

Never let me go

……

这首歌让我想睡觉，我闭上了眼睛。山口好像还在我耳边小声嘟囔着，我什么都没听清，因为他的声音早已被海水般的歌声淹没了。

二十二

旅行的开始就意味着旅行的结束。从踏上这趟旅途开始，我就有一种走向世界末日的预感，每接近目的地一步就意味着生命缩短了一分钟。

“跟我说说那个地方。”我对山口说。

“哪里？”山口问我。

“Keukenhof？”我说。

“我没去过。”山口不假思索地说。

“那你是怎么知道有这个地方的？”

“因为有人去过。”山口说。

“谁？”

“我以前喜欢过的一个女孩儿。”他说。

“那后来呢？”

“后来我们分开了。”山口的表情看起来有些紧张。

“你怎么没和她一起去？”

“因为她是在我们分开以后自己去的。”山口低下头小声地说。

“她自己一个人去的？”我问他。

“嗯。”他显然不想再继续说下去了。

山口的话又一次掀起了我内心不安的波澜。他的欲言又止和闪烁其词告诉我，这个年轻的身体里装着一个外人难以琢磨的复杂灵魂。

“你害怕了？”山口问我。

“害怕什么？”我问他。

“你是不是以为我是人贩子？”他坏笑地看着我说。

“你是不是为了做坏事才维持这副年轻面孔？”我问他。

“如果我是呢，那你现在要逃跑吗？”他更加得意地说。

“你并不了解我，我也不是正常人，说不定晚点你还会后悔带上我。”我笑着告诉他。

“那就当作我们私奔失败。”他也笑着说。

“其实我跟你一样。”我想掩饰内心的不安，但又不甘心就这样停止与他近乎调情似的交谈。

听我这么一说，山口先是愣了一下，随后心领神会地笑了。山口就是我的一个心魔，他让我善恶两端喜忧参半。

“这里能找个喝咖啡的地方吗？”我问山口。

“伙计，能找个地方喝杯咖啡吗？”山口拍拍尼奥的肩膀说。

“可以，前面刚好有个咖啡厅，我们可以进去休息一下。”尼奥回头对山口说。

“你可以趁机逃走。”山口用揶揄的口吻对我说。

一想到可以下去喝杯咖啡，我心中的焦虑缓解了不少，之前想要逃跑的念头也不见了。

汽车继续向前行驶了大约一公里才停下。这时路边的一抹粉色灯光打在汽车上，车身立刻蒙上了一层温柔的粉色。只见前面不远处有一栋装修气派的粉色小楼，楼顶上悬浮着一个用粉色灯光装饰的广告招牌，招牌上闪烁着银白色的英文字母，“C COFFEE”.

“这个咖啡厅的颜色怎么这么奇怪。”山口说。

“这有什么奇怪，难道只有妓院才能用粉色吗？如果是妓院的话，那房子应该是蓝色或者灰色的，起码要像一座博物馆。”尼奥自以为是地说。

听了尼奥的话，我和山口无可奈何地笑了笑。

尼奥把车停好后，我们下了车。

从我们踏入粉色房子的那一刻开始，我们就开始对尼奥发表的看法深信不疑。确实，格调是不应该被先入为主的条条框框束缚的，格调应该是随心所欲超乎想象的。这栋外表散发粉光的房子里面是灰色的，那是一种偏白色的透明昏灰色，昏灰色的墙壁，昏灰色的桌子，昏灰色的地板。这种奇特的主色调比白色深些，比黑色浅些，比银色暗淡，比红色冷寂，穿插于黑白两色之间，更有些暗抑的美，幽幽的，淡淡的，不比黑和白纯粹，却也不似黑和白单一，似混沌，天地初开最中间的灰，它不用和白色比纯洁，不用和黑色比空洞，而是有点单纯，有点寂寞，有点空灵，捉摸不定，它奔跑于黑白之间，像极了异常善变的人心，它是最像人的颜色。

咖啡厅被这种特别的灰色营造出一种混沌似的神秘氛围，可是这种神秘又被玻璃窗外的粉色灯光控制着，既不黑暗也不压抑，倒像是一方能够让天使与魔鬼和平共处的天地。我们被房间里面的特殊感觉深深吸引，完全忘记了外面的世界。

屋里的客人不少，喧闹声中夹杂着若隐若现的背景音乐，是 Nat “King” Cole 的 *The Lonely One*.

C COFFEE 是一个完美的咖啡厅。

“我去帮你们拿两杯咖啡。”尼奥说完就朝服务台走去。

咖啡厅里的客人看上去大部分都是四十岁左右的中年人，他们的穿着打扮和屋里的奇幻氛围很和谐。他们随意将胳膊搭在桌上，悠闲自在地喝着咖啡，彼此交谈的时候看着对方的眼睛，一会儿开怀大笑，一会儿又窃窃私语。他们是一群奇怪的人，言谈举止与我完全不同。我看着这群奇怪的人，心情莫名其妙地变好，感到了一种前所未有的舒适。

我心情最好的时候，就是在阳光明媚的日子里漫无目的地在街上闲逛，街上的人最好不多也不少，我会幻想身边经过的每一个路人都是另外一副模样，就像眼前这个咖啡厅里的人一样，有一张可爱的脸。

同样都是生活在共同世界的人，为什么状态如此不同，因为他们是普通人。我想当然地以为所有的普通人都会以成为共同人为荣，却忽略了共同世界里还生活着一群M计划以外的普通人。

普通人就是不愿受到M计划约束和保护的一种人。他们爱说爱笑爱哭，是共同世界里的另类，他们不希望活得太久也不期待永远年轻，他们不喜欢拼命工作也不不喜欢思考过于复杂的事物。共同世界的价值链上没有普通人的任何位置，但是他们比共同人快乐。

但是到了年纪还没有加入M计划的普通人，未来何去何从，没有人知道也没有人关心。

我们共同人的人生都是一样的：认识自己，申报自己，交换自己，就像一出生就决定了要将自己的灵魂出卖给撒旦。M计划就是魔鬼契约，契约里罗列着无数想要被满足的愿望和要被出卖的东西。

我还是普通人的时候，很少考虑生与死的问题，可是成为共同人以后就经常想到这个问题。我每天都在患得患失中度过，就算偶尔有那么一会儿是平静的，可到了下一分钟就又会敏感、焦虑和绝望。无数的共同人在生活中与我擦肩而过，我无法触及他们的灵魂，我无法辨认出他们的肉身，他们就是用魔鬼契约来交换自己的未来的人，可是他们的未来却被一股强大的力量掌控着。我和他们一样，被这股力量左右着，一心一意朝着理想人的方向努力，可是最终的结局是喜是悲，无人知晓。

人，早就已经成为自己的撒旦。如此循环下去的最终结果就是用大部分人的死亡去换取小部分人的重生。

几百年前的人们一直在思考的问题和现如今的我心中的困惑没有什么区别，但是在共同世界里还会有人和我一样吗？共同人似乎不再需要探究任何终极问题了，或许是探究的意义已经不存在了，所以思想家和哲学家也在不知不觉中消失了。

人们总是在怀念过去和憧憬未来之间犹豫不决，来来回回地徘徊到最后才发现当下才是调和过去与未来的最好时机，于是人们从低落处慢慢爬起来再挣扎着站起来，他们昂首挺胸心情也变得愈加欢乐起来，于是对历史的想象淡化了，对未来的期待也消失了。

俄罗斯作家阿尔志跋绥夫的生死自白是这么说的：我只有三十岁，可当我回头观望时，觉得自己仿佛走在一片巨大的墓地，除了坟墓和十字架，我一无所见。迟早会在某处树立起一座新的坟墓，给它装饰上什么样的纪年碑，普通的十字架抑或大理石的庞然大物，全都无所谓——这便是我所留下的一切。归根结底，这无关紧要：不朽是种无聊的玩意，生命也鲜有乐趣。糟糕的是，死亡非常可怖，似乎你为此也打不定主意要主动让自己去见鬼；你还要活很久，要在这个被称为生的墓地上久久地行走，而在两侧，新的十字架在无休无止地生长，它们一直在微微闪耀。所有珍贵的，所有亲爱的，都留在了身后，内心里生长着的一切都在剥落，如同秋天的树叶，而你将孑身一人徜徉到最后。

我爱极了这段自白，它是我的座右铭。

阿尔志跋绥夫一定是个生活在古代的共同人，因为他比同时代的任何人都要了解人类的未来。我所生活的世界和这个世界里形形色色的人，就是行走着的十字架，我们将十字架与自己的肉体捆绑在一起，肉体被十字架压垮了，人便倒下了，尸体被埋进泥土里，随之化作肥料滋养一棵树；我们也可能因为太过强壮没有被十字架压垮，仍旧不知疲倦地向前奔走，走着走着，身体像被箭射穿了似的，从里面长出了一个又一个新的十字架……这种与生死攸关的种种幻想时常左右我的思想与行为。在成为共同人的那一天，我就已经毫无选择地背负上了十字架，我想拔掉后背肉刺一样的十字架，可是无能为力。

可是我又疯狂地热爱我生活的这个世界，热爱它的整洁有序，热爱我们中的每一个安安静静的人，他们不说话不交流，但也从不玩尔虞我诈的竞争游戏。我喜欢说共同语，我热爱世界能源组织特供给我的那些奇形怪状的营养药，它们让我自信，让我感受到了自己的价值。

尼奥端着三杯热气腾腾的咖啡回来了。此时此刻再也没有比一杯温暖的咖啡更能让我们清醒了。我接过一杯迫不及待地喝了两口，一股暖意传遍全身，眼前的昏灰色混沌不见了，一切突然变得清晰透明，又过了一会儿，我开始头晕目眩，我拼命睁大眼睛想让自己保持清醒。山口和尼奥正在说话，他们一起看着我，脸上露出奇怪的笑容。我的头越来越晕，渐渐地眼睛也睁不开了……

二十三

当我再次睁开眼睛时，周围的一切还是老样子，好像什么都没发生过。尼奥神秘地笑着对我说：“怎么样？有没有什么特别的感觉？”

“你们是不是给我喝了什么不好的东西？”刚才的事情本来就让我有些后怕，再看到尼奥脸上那圈细铁链就更加刺激了我的恐惧，“你给我喝的是什么？！”我愤怒地用双手抓住尼奥的衣领，想要拼尽全力问个究竟。就在这时，身后有人抱住了我，使劲儿把我向后拉，是山口。

“嘿，冷静点。”山口大声说。

我松开了双手。

“中国女人力气真大。”尼奥垂头丧气地拉了拉衣领，懊恼地说。

“这不是毒药，是一种特殊的咖啡，你这个女人怎么总是疑神疑鬼。这种咖啡只有共同人才能喝，你不但不感谢我，竟然还……”尼奥愤愤地说。

“什么特殊咖啡，你说清楚？”我生气地看着尼奥。

“就是特供给共同人的营养咖啡，能为你们的身体补充能量。这个咖啡馆对普通人和共同人都开放，但是这种咖啡只提供给共同人。”尼奥阴阳怪气地说。

尼奥见我还是不肯相信他说的话，就用手指着远处说：“你看那边。”

我顺着他指的方向看过去，只见一张巨大的海报悬挂在对面的墙上，海报下面打着灯光，上面的黑色英文字母异常醒目“MUTUAL Coffee Will Nourish Your Beauty”（共同咖啡将滋养您的美丽），海报右下角有一个红色的三叶草图案闪闪发光，那是世界能源组织的标志。我从没像今天这样对三叶草标志充满无比的信任与敬畏，它神圣到可以对我的一生负责。

“那他们怎么知道我们是共同人？”我问尼奥。

“在柜台报名字的时候，他们有系统能够自动调出你们的信息。”尼奥说。

就在我的怒气渐渐平息的时候，一束粉色的光突然从房顶倾泻下来，咖啡厅里弥漫的昏灰色就像幕布一样被拉开了。照射在舞台中央的粉红色光柱吸引了所有人的注意，一个身影伴随着歌声出现在众人视野中，一名黑色的机器人站在麦克风前唱起了 Nat “King” Cole 的 *Unforgettable*.

这名黑色机器人歌手和你我所能想象得到的最美丽的机器人一样。她浑身焕发黑色的金属光泽，她性感的嗓音、冰冷的气质、空洞的眼神、冷漠的面孔与黑色身体里发出的 Nat “King” Cole 的歌声相得益彰。她黑色的金属身体如同被歌曲附体了一般，随着音乐灵动地摆动，冷傲而艳丽。聚集在舞台下面的客人们目不转睛地看着舞台上的黑色身影，一面倾听她伤感的歌声，一面陶醉于她特有的冷艳气质。她轻轻地吟唱就像是发自内心的倾诉，这首歌让她有了灵魂，使她在舞台上成为一个人。

“这个机器人歌手真是太棒了。”山口看着机器人，脸上尽是赞许之情。

“是啊，她比真人歌手还要动人。”我深表同意地说。

“她可不是普通的机器人，她叫纳丝，是机器人歌手里的一颗巨星，很多人专门来荷兰听她唱歌。你们今天运气真好，正好碰到她在这里演出。”尼奥说。

纳丝唱到 That someone so unforgettable，Thinks that I am unforgettable too 的时候，我想起了父母，想起了几十年来的孤独。我没喝酒，但是我醉了。我又开始懊悔自己所做的一切。森明说得对，什么真正的世界，全都是胡扯。我明明可以好好地生活，就这样一辈子老老实实吃药永远年轻下去。根本就没有什么郁金香花园，可我为什么就不相信？还有理想，理想在我们的世界里早就没了，所有的理想都是倒退，可我为什么还要去追求那些倒退的东西？

“That someone so unforgettable，Thinks that I am unforgettable too.”纳丝唱完最后一句，我被她彻底感动了。纳丝的头在音乐的尾声中轻轻低垂下去，她伤感的姿态像是在抑制自己因为难过而即将流淌下来的眼泪。纳丝的歌声摄人魂魄，她超越了机器人的身份，犹如一名神父在布道，听歌的人被她洗礼和净化了。

看完纳丝的演出，犹如经历了一场情感的发泄和一次精神上的挣扎，当我走出咖啡厅的时候，感觉浑身上下焕然一新。

回到车上山口问我：“开始喜欢荷兰了吗？”

“有一点儿。”我说。

“你还在后悔吗？”山口故意套近乎似的继续问。

“我只是不知道值不值得？”我说。

“你指的是什么？”山口用奇怪地眼神看着我说。

“其实从东京回来以后我一直在想这个问题，凡是能够想到的结果都让人痛苦。我总是担心有一天生活资源不够用了该怎么办？我消耗的食物、水还有电不可能一直一样，可是除了这些我还有什么去维持V项目？有时候我会揪着自己的头发仔细看，我的头发乌黑油亮，也许有朝一日我可以用头发去延长保障项目的期限；有时候我会盯着自己的双手仔细看，它们又长又细，幸亏这是一双既不会画图也不会弹琴的手，也许有朝一日我可以用双手去延长V项目的保障期限，可是没了双手，我再年轻又有什么用？你说V项目有效期会是多久？五年、十年、二十年，还是永远？”

我不需要山口给我任何答案，我只需要向人倾诉。

“你还维持着最基本的想象力和思考力，这就是价值，是你和其他人不一样的地方。”山口说。

“可是这种价值如何量化？M计划里根本没有对这种价值的保护？”我说。

“以后会有的。”山口说。

“机器会代替共同人思考，所以共同人不需要思考，我们只需要一心一意维持好自己的保障项目，为世界能源组织改善能源短缺的做贡献。如果每个共同人都具有强大的思考力，那如何避免劣性思考带来的风险。打个比方，如果一个男人每天都在考虑性爱，那他的思考有什么价值？一个杀人犯总是喜欢尝试新的杀人方式，那像这种危险的思考力难道不该被消灭吗？可是他们和我一样，都是具有思考力的人……”我竭尽所能想把心里的想法说明白，可听起来还是那么逻辑混乱。

“这是一种从众的乐观估计。萧伯纳说，大多数人一年才思考一两次。可是共同人几年都不会思考一次，所以因为劣性思想引发的社会动荡的可能性根本不存在，因为酝酿这种可能性的土壤根本不存。即便如你所说，思考力好坏差异巨大，可是一种伟大优秀的思考力所产生的巨大能量足以抵挡一百种邪恶、危险和不良想法的入侵。我不知道你的思考力的能量有多大，可我至少确定它是好的。”山口说。

“共同人是一群进化到几乎完美的人，可是越完美越不会思考，难道未来的理想人都是不会思考的人？除非我们从现在开始重新学会思考。思考是一种多么有趣，多么复杂的活动，疯子有疯子的思考方式，好人有好人的思考方式，坏人有坏人的思考方式，可是我们的世界竟然已经发展到不再需要依靠思想能力来划分人种的地步。我们只用可以量化的东西来划分人种，而唯一可以量化的东西就是人的欲望。我们用 M 计划把人的欲望进行归类，再利用不同的欲望保障项目分配资源，而你和我就是因为相同的欲望才相遇的。我们这种梦想青春永驻的人和那些想要保护自己一技之长的人都被归为功能型人类，而非思考型人类。”山口无奈地笑着说。

“你怎么知道得这么清楚？”我问山口。

“因为我的年纪比你大，总之你要相信我的话，会思考的人总是有价值的。第一次在日本见到你的时候，我就知道你是这样的人。”山口的脸被车窗外的路灯照亮了，一双炯炯有神的眼睛充满热情地望着我。

我被他的话感动了，不好意思地低下头，不敢直视他幽深的双眼。我不知道自己是如何学会思考的，山口第一次让我感受到了来自他人的温暖和鼓励，这种感受算是一种对爱的思考吗？

“累吗？”山口看着我，将我的头轻轻地按到他的肩膀上。他握住我的手，我闭上眼睛静静地感受他手掌心的肌肤。他的手又大，又厚，又温暖，像贝壳一样紧紧地包裹着我的手。

也许他不是一个坏人，只是一个有太多秘密的人。

汽车继续向前行驶，外面的灯光透过车窗照射进来，我紧闭的双眼感受到忽明忽暗的灯光拍打在脸上的节奏。

我睡着以后梦见了死神的脸，那是山口的脸，我一直注视着他，直到他把我变成一朵恶之花。

> 什么地狱，什么炼狱，她全都不予理睬，
> 进入漫漫长夜的时刻一旦到来，她就会注视死神的脸，
> 像个新生儿一般——没有悔恨，也没有幽怨。

二十四

待我睁开眼睛醒来的时候，已是早上六点多钟，理应是天蒙蒙亮的时候，可汽车外面却完全是另一番景象。整个世界灰蒙蒙的一片，几乎看不见任何有形状的东西。尼奥打开车上的探照灯，让汽车慢慢向前行驶。我们看不清前面的道路，汽车只能依靠探照灯的微弱光线勉强支撑着在灰暗中前行。

昨天那些华丽的街道、梦幻的风车、粉色的咖啡厅和唱爵士乐的黑色机器人难道是幻觉吗？虽然汽车正在以不到十公里的时速行驶，但尼奥仍旧时刻警惕可能会在昏暗中突然冒出来的行人。

如果之前咖啡馆里的昏灰色是一种艺术设计上的迷蒙，那么现在我们看到的一切则是真正意义上的无序的混沌。在混沌中不时会冒出一些奇怪的行人，他们像是墙壁上凹凸不平的浮雕，多数看不清样貌，但从身体起伏的曲线上依稀可以辨认出是人的样子。我们听到了嘈杂的声音，却不知道声音来自哪里。我、山口、尼奥，就像在一幅巨大的黑色浮雕上行走，这浮雕是罗丹的《地狱之门》，而我们三个人将要各自化身为浮雕里的某个主人公。我将化身为一个为理想、情欲和恐惧而不断斗争的女人，山口将化身为一个为爱、希望和光明而苦苦寻觅的男人，尼奥将化身为一个千方百计追求欢乐的神灵。

地狱之门被打开了，里面的混沌世界阴森沉郁，到处是错综变幻的暗影，充斥着无法平静的恐怖情绪。车窗外面一个又一个模糊不清的人形"雕塑"从汽车两旁经过。我们看不清他们的样子，也不知道他们是男人还是女人，只是偶尔会听到大人的笑声和小孩的啼哭声交织在一起。

"这是什么地方？"我问尼奥。

从尼奥的表情看出来，他对这里的一切早已轻车熟路，毫无恐惧之感。

尼奥脸上那一圈铁链在车里灯光的映衬下显得异常醒目，脸上任何一丝细微的抽搐都会让这条小蛇活动起来。

"不用担心，这里是格拉堤斯，自由之地。"尼奥用共同语对我说，"这里不属于共同世界。"

"这里就是真实的世界？"我吃惊地问他。

“谁都不知道格拉堤斯到底是什么地方，也许是一个特殊的真实世界，也许是被设计出来的另外一个人造世界。没人知道空气里那些灰蒙蒙的到底是尘埃还是其他叫不出名字的物质。”尼奥目不转睛地看着前方的道路。

“怎么会有人住在这里？”我问他。

“为了自由和快乐。”尼奥脸上的小蛇扭动着，“上了年纪的人都知道这个地方。没人告诉过你吗？”

我想起离开家之前父母对我说的那些话，心被触动了一下。

“我从来没想过会有格拉堤斯这样的地方。”我假装什么都不知道，继续问地尼奥，“那 Keukenhof 呢？”这才是我真正担心的问题。

“Keukenhof 当然不一样，那里是人人梦寐以求的最美好的真实世界，所以才会有像你一样的人千方百计地要去。有美的地方就有丑的地方，说不定格拉堤斯就是一个丑陋的真实世界。”

尼奥总喜欢做出一副高深的样子，把话说得不明不白。

“在这里生活很自由，以前有很多人不想被共同世界的条条框框束缚，就跑到这里生活。”尼奥说。

“可是为什么这件事情从来没有被公开过？”我问他。

“你是共同人，自然不太明白共同世界以外的事情。据说一百年前，每个国家都有一小部分人不太认同世界能源组织提出的‘共同能源’‘共同世界’和‘共同人’的构想的普通人。后来这些普通人放弃了共同世界，离开了自己的家乡，选择来到格拉堤斯生活。”

尼奥说话的时候，我又忍不住看他脸上扭动着的小蛇。

“在这种环境下自由自在的生活其实挺有意思的。”山口突然说。

我回想起昨天晚上与他的暧昧相拥，黑夜的温情尚未完全退去，白天自然会滋生出一些尴尬。我的脸有些发热，一时间竟不知该如何接他的话茬。

“旁观者有旁观者的困惑，当局者有当局者的快乐。他们在昏暗的地方生活也许有许多我们体会不到的乐趣。”山口继续说。

一听山口这么说，尼奥更加来了兴致。他接着说：“格拉堤斯其实和盲人岛差不多，把所有的盲人集合在一起，生活自然会有别人体会不到的乐趣。人与人之间要总是把对方的眼睫毛都看得一清二楚该有多无聊！要是距离远一点儿，再制造一个扑朔迷离看不清彼此的环境，会更加浪漫。”他一边说一边哈哈大笑，完全陶醉于自己独到的见解和语言里。

“妓女在这样的环境里服务根本不需要房间，随便找个露天的地方就可以。小商小贩也一样可以做生意，没必要什么都看得清清楚楚。他们生活的世界其实和你们没什么区别，他们只是对环境和未来没有特别的要求和设想。”尼奥继续说。

“在美好的世界里生活是人的一种本能，所以大家才想去 Keukenhof 那样的地方。可是格拉堤斯不一样，不管它是真实的还是人造的，我都不理解为什么会有人愿意生活在这里。”我对尼奥说。

“大家对精神和物质世界的理解不同，做出的选择也不同。”山口看着车窗外，貌似不经意地说。

“有些人喜欢自由自在的生活，他们觉得保护就是束缚，所以他们放弃了共同世界对他们的保护，来到格拉堤斯过一种自由自在的生活。这就是生活，有什么不能理解？任何人的生活方式都值得被尊重。”尼奥说。

“我想下车看看。”我对尼奥说。

“你在开玩笑？”尼奥转过身，吃惊地看着我。他皱起眉头不太高兴，脸上的那条蛇又在扭动。

“我没开玩笑，我想下去看看。”我说。

“我陪她下去。”山口说。

听到山口说陪我一起下去，心里涌起一股特别的感觉，不知道是欣慰还是警觉，也许二者兼而有之。

“这次的客人真麻烦。”尼奥不耐烦地自言自语，然后转身对我和山口说，“我把车开到前面有记号的地方，然后你们再下去。”

汽车在一片迷茫中摸索好了一阵子才找到一个地方停下。离我们停车处不远的地方有一个远距离探照灯。

“正常环境下这个探照灯的光照距离可以达到一万米，但是在格拉堤斯最多只能照到六千米，所以你们最好不要去超过六千米的区域。”尼奥叮嘱我们说。

“这是哪里的探照灯？”我问尼奥。

“监狱。”尼奥狡黠地一笑。

探照灯的主人——监狱，被黑暗笼罩着。我无法看清它的样子，也许像教堂，又或者像学校。

共同世界里没有监狱，从来不会有人关心罪犯被关在什么地方。这也是共同世界的好处之一，没人关心美好和罪恶，没人关心过去和未来，没人关心世界到底是变好了还是变坏了。

原来在格拉堤斯这样的地方有监狱，这似乎让我有点明白了格拉堤斯存在的意义，选择在这里生活的人一定是对这世上的一切还有感知的人。

推开车门的一刹那就如同开启了地狱之门，迎接我们的就是谜一般的混沌。山口自然地牵起我的手，慢慢地向前走。我们一边走，一边欣赏混沌散去时暴露于眼前的景象。如同大幕徐徐拉开后上演的剧目，格拉堤斯的表演在神秘诡异的幕布被拉开后活灵活现地展现在我们的面前。暗灰色的混沌被做成了幕布，幕布里面的人就在看不清的世界里，一天一天地过着浑浑噩噩见不得光的日子。他们不用担心时间过得快慢，不用担心自己的丑陋能否被人看到，不担心自己什么时候死亡，也不担心地球什么时候毁灭。在这暗无天日的世界里，没有资源的控制，没有对自我的束缚和要求，他们只用属于自己的原始天性快乐地追求纯真的日子。

我和山口小心翼翼地四处摸索，每向前一步都要停下来确认自己是否还在探照灯的照射范围内。走着走着，我突然感觉到身后的衣服被什么东西拽住了，回头一看，是一个浓妆艳抹的女人正在用手拉扯我的衣服。

女人上身赤裸，下身只穿了一条内裤。她妩媚地冲我笑了笑，然后松开了拽着我衣服的那只手。女人走到山口跟前，赤裸的上身紧贴着山口的前胸，一只手勾住他的脖子说："这位先生，五十荷兰盾怎么样？我可不是为了赚钱，我只想玩玩。那边还有可爱的小伙子很适合你身边的这位小姐，需要的话，我也可以叫他过来。"

女人长得很漂亮，赤裸的身体不但没有突显她的淫荡，反倒衬托她更像是一座富有生命力的大理石雕塑。她是娼妓吗？山口用力把女人钩在他脖子上的手拽了下来，然后一把推开了她。

我们继续向前走，昏暗中不时传来男女媾和的呻吟声，走到近处，就看到左右两侧尽是交织在一起的男女肉体。一双双缠绕在一起的白色大腿就像大海退潮后岸边露出的白色礁石，顺着前方再细看下去是一对对交织在一起的肉体。昏暗世界里的男女呻吟声对人的刺激远远大于赤裸裸的性爱场面，从声音就可以判断出来，这是一场发生在光天化日之下的狂欢。

我们来到了一个最原始最放纵的地方，一个地狱之门里最恐怖的地方。

山口和我都没有心情再继续向前走了，于是转身准备原路返回。身边不时有行人经过，当行人离我很近的时候，我会抓紧时间使劲儿朝他们多看上几眼。行人的装束与我们没有太大不同，只是这些人大多面貌丑陋，又或者是不够美。他们行不侧目，眼睛只顾盯着前方，像是随时都在警惕前方可能会发生的意外。我以前看过一幅画，画的主题是海底世界。画里描绘了一群生活在海底世界里的人，海底人的长相和打扮与陆地人一模一样，唯一的区别就是表情。海底人有一种大海赋予的深沉表情和一双不为所动的眼睛，海底人行走的样子就像是静静地向前漂移，如同在水里行走的精灵。这些在混沌里行走的格拉堤斯路人就像画中的海底人。他们在混沌中慢慢前行，谁也碰不到谁，他们中有年轻人，有老人，有领着孩子的母亲，也有为生活奔忙的父亲，他们不是行尸走肉，而是和你我一样鲜活的人。他们异常平静的神态是这里海水一样的混沌所孕育出来的。他们是地狱之门的主角，在地狱里演绎着各自的故事。

这里是纵欲者的天堂，可那些老人、年轻人、父亲、母亲和孩子呢，他们是带着怎样的初衷来到这里生活呢？

在格拉堤斯，

我看到一个无智的世界，但是智慧在混沌中存在。

我看到一个无性的世界，但是性爱在混沌中存在。

我看到一个无趣的世界，但是有趣在混沌中存在。

二十五

格拉堤斯是大世界里的小世界。我们在探照灯的指引下好奇地窥探这个小世界里的人们。格拉堤斯里漂浮的混沌物质很奇怪，它不是烟不是尘，它是一种无序扭曲的可以用肉眼看到的烟雾一般的物质。人身处在广袤而空旷的宇宙之间，被如同烟雾的混沌包围着，肉体上没有任何感觉；人有时候也会被这种物质影响，不知不觉中跟着它们一起四处游荡。因为混沌的存在，你看不到远处的物体，只有在距离很近的情况下才能依稀辨认眼前的景象。

格拉堤斯，一个上帝造人之前的世界。我相信格拉堤斯是一个真实自然的原始世界，而不是共同世界为某群特殊人类制造的一个特殊世界。自然有美好也有可怕，有些人愿意在未知的恐怖自然世界里冒险求生，有些人愿意在美好有序的人造世界里轻松过活，格拉堤斯人是前者，我们是后者。

“害怕吗？”山口握着我的手说。

“挺有意思的，很神秘。”我回答他。

“待久了就会适应。人能够适应各种环境，科学家研究过人在这方面的超常能力。我们能够适应地上的生活，地下的生活，天上的生活，洞里的生活和海里的生活。人类的生存世界不应该只有阳光和鲜花，也应该有昏暗和尘土，格拉堤斯对生活在这里的人来说，就是阳光和鲜花都不缺少的完美世界。”山口说。

山口说话的状态特别像一个善于雄辩的神父。

我被他的话说服了。对比共同世界和格拉堤斯的两种体验，后者是一种更加复杂的状态，它有一种因为神秘所产生的恐怖感。对于这种恐怖感，你不能说它美，也不能说它不美。

我们生活的世界决定了我们的认知，而认知的改变却无法改变我们生活的世界。

“可我还是比较喜欢明亮的人造世界。”我说。

“假如格拉堤斯就是世界的本来面目，假如是我们低估了自己善于忍耐和习惯的超级能力，假如是因为我们害怕自己在格拉堤斯这样的环境里无法生存，所以才造出了一个共同世界。除了共同世界和格拉堤斯之外，还有第三个地方，比如 Keukenhof.”山口说。

黑暗中我们手牵着手，就像两个腰上捆着橡皮筋的杂耍艺人。探照灯发出的亮光指引着我们来来回回在附近转了几圈，我们也越来越习惯这里的气氛。我们从早上到现在都没吃东西，这时候觉得有些饿。我们停下来，朦胧中似乎看到路边有家餐馆，于是我们打算冒险过去买点吃的，顺便带一些回去给尼奥。我们很紧张，不敢唐突地向前多走一步，生怕多向前一步探照灯的光就不见了，所以每向前几步，就要停下来感受一下灯光的存在。我们向路边走了不到五步，果然就看到一个外表看上去很像餐厅的房子。由于看不清周围的情况又担心迷路，所以我们不想进去，只想站在外面，点一些吃的东西。

我们又稍稍走近些，确认房子确实是餐厅之后才把悬着的心放下了。餐厅的四面围墙全部由玻璃制成，从外面就能看到餐厅里面的灯火通明。餐厅的大门也是玻璃的，大门正上方悬挂着一盏明亮的吊灯，即使外面再昏暗，里面的人也能够看清门口进来的客人。这栋明亮的房子在昏灰色的混沌中如同一盏火焰摇曳的白色蜡烛，虽然弱小但足够温暖。

正当我和山口在门外向里面观望的时候，一个手里拿着托盘的年轻女服务员看到了我们。她微笑着向我们挥挥手，然后朝大门走来。

她推开大门，对我们说："你们是外地人？"

"是的。"山口对她说。

"那就进来吧。"女服务员热情地招呼我们进去。

我和山口告诉她我们很快就要离开，只想买些吃的东西带走。

女服务员的气质和餐厅的氛围一样，像一团摇曳多姿的火焰。她像是餐厅的特殊装饰品，闪闪发光。一头黑色的短发微微卷曲，耳朵上造型奇特的银色耳环愈发衬托出脸型的小巧精致，除了眼睛上涂了很浓的银色眼影以外，剩下的都只是稍加点缀。她穿着一件米黄色的贴身超短连衣裙，裙子的面料质地柔软，自上而下服帖地顺着身体的曲线描摹出一条圆滑的弧线。餐厅的女人还有她身后的灯火通明就像是黑暗世界里的神龛在等候来访者的朝拜。

女服务员从餐厅里端出两杯咖啡递给站在门口的我和山口。

"你是本地人？"我端起咖啡一边喝，一边问她。

"是的。"女服务员热情开朗，言谈举止充满活力。

她站在餐厅门口看着我们，然后从制服的口袋里拿出一包香烟，从里面抽出一根，递给山口，山口笑着冲她摆摆手。她又把这根烟递给我，我也冲她摆了摆手。于是她把这根烟放到自己嘴边，点燃了它，吐出的烟圈在大门吊灯的映照下无比魅惑。

我平生第一次见到传说中的香烟，以及一个抽烟的人，而且还是女人。

“你们为什么不进来？”她问我们，“进去看看怎么样？”接着又吐了一口烟圈。

我担心出来的时候找不到探照灯，可是面对如此热情神秘的美丽女郎发出的邀请，又按捺不住跃跃欲试的心情。不知道山口是真的想进去还是在故意配合我的好奇心，他用眼神示意我进去。

“你们是情侣吗？如果是就更要进来喝一杯。”女服务员也许是一个带领我们进入天堂的天使，也可能是一个引诱我们进入地狱的撒旦。身处人间的我们徘徊不定，不知道即将踏入的是天堂还是地狱。正当我犹豫不决的时候，山口已经拉着我进入了房子。

这是一个我印象中再正常不过的餐厅了。静谧温暖的米黄色吊灯将室内营造得明亮舒适，深咖啡色的餐桌整齐地摆放在大堂各处，一切都非常自然和谐，和共同世界里的中国餐厅没有任何区别。餐厅四面都是透明落地玻璃墙，玻璃墙上没有窗帘，所以四处都能看见外面流动的混沌，它们透过玻璃墙看起来就像是凡·高那幅叫作《星空》的油画。

餐厅里的客人不少，有的站着有的坐着。他们说话的声音不算小，但并不会造成干扰。我们在一个餐桌旁坐下，只见女服务员对着吧台的服务员大声说：“给我们这两个外地人来一杯最能兴奋的喝的！”

普通人的世界里有酒喝。

吧台里站着一个年轻的小伙子，他穿着黑色T恤，长着一张年轻但算不上英俊的脸。他正在调酒，脸上带着极富感染力的表情，灵活的双手上下飞舞，潇洒地上下左右摇晃着手里的调酒器。男酒保一见到女服务员就满脸笑容地与她攀谈起来。

看着两个年轻人亲密的交谈，对我来说是一种无与伦比享受。从小到大，我没见过人与人之间说话的时候可以这样，身体离得很近但没有一丝一毫的紧张，无所顾忌地拍着桌子大声笑，有时窃窃私语好像在说着什么秘密，有时又在对方的身上拍打抚摸。在我的世界里，从来没有人这样过，我第一次知道人与人之间原来可以这样。

我们和别人说话的时候永远距离半米，即使在餐厅和电影院这样的地方，我们也不会有丝毫改变。我们这些在人造阳光中生活的人被灌输了一种特殊美德，这种特殊美德把一种叫作共同修养的精神准则渗透到每一个人的精神世界里。依照这种准则，我们会保持一致的微笑，与人交谈时会保持一致的距离，我们会把说话的声调和动作的幅度调整一致，确保整体感觉的柔和与舒适。这便是人造世界的行为标准。

而格拉堤斯人是在混沌世界里自然成长起来的人，是与我们完全不同的另一种人。不知道为什么，他们这种奇怪的说话方式让我着迷，他们有血有肉生气勃勃，浑身上下散发着和我们截然不同的真实气息。他们的真实是真实世界创造的真实，而我们的真实是人造世界里设计出来的真实。

女服务员面带微笑地端着托盘向我们走来，然后把托盘上的两杯血红色饮料放到桌子上。

“这是什么？”我问女服务员。

“黑色。”女服务员一边笑一边说。这时那个年轻的男酒保也过来了。

“嗨！我是乔恩。”年轻的男酒保伸出手来，热情地和我们握了握手。

这是我第二次握手。第一次握手是和山口，我至今不明白当时的自己是出于何种心态接受了他的握手，握手这种古老的礼节在我们的世界里并不实用，也可以理解，凡是需要与人亲密接触的社交礼仪都不使用。

女服务员指着男酒保对我和山口说：“他是我的朋友，但不知道以后会不会成为我的情人。”她伸出右手食指，托着男酒保的下巴，颇具挑逗意味地对他笑了笑。

要习惯和格拉堤斯人用他们的方式进行交流真的需要些时间，但是山口却出人意料地轻易融入了这种狂野的气氛里，没有任何勉强和做作。我吃惊于他角色和状态的完美转换与衔接，也许是因为他已年逾六十岁的缘故，适应能力异于常人。山口伸出右手热情地迎合了男酒保的握手，然后向他简单地介绍了我们的身份。我打心里喜欢这里，可是我不知道应该怎样做才能像山口那样自然。

餐厅的音乐换成了 Chicago 的 *If You Leave Me Now*. 男酒保和女服务员不约而同地向我和山口伸出了跳舞的邀请，山口欣然接受。

“我不会跳舞。”我尴尬地对着男酒保摆摆手。

男酒保突如其来的举动弄得我有些措手不及，但是男酒保的灿烂笑容实在让人无法抗拒。我被他生拉硬拽到了大堂中间。不一会儿，其他客人也陆续来到大堂中央，这个场面让我想起了一年前在日本参加的那场聚会。在那一天，我认识了山口，在那些长生不老精美绝伦的男人女人中间，我第一次和一个男人共舞。今天，我们又在一起共舞，可是彼此的舞伴如此与众不同。

男酒保给我的感觉和山口完全不同。男酒保从里到外透着年青男人的荷尔蒙气息，全身上下没有一丝一毫虚构出来的美，他是一个年龄和外表绝对统一的普通男人，和他这样真实的男人近距离接触反倒让我觉得不真实。对于成长于人造世界的人来说，虚假就是真实，真实就是虚假，这二者早就已经是血浓于水的关系。

“外地人，你发什么呆？”男酒保用桀骜不驯的语气对我说。

“你是在格拉堤斯出生长大的吗？”我问他。

“是的。我的父母在这里认识结婚，然后生下了我。我去过你们的世界，我不喜欢。”男酒保一边带着我跳舞一边说。

“可能是我习惯了这里的生活，太有序太整洁的地方不适合我，那种感觉让我觉得不舒服。我更喜欢这里的朦朦胧胧、杂乱无序、不需要看清每一个人面孔的世界，而且我们不必接受能源组织提出的交换条件，也不用加入无聊的保障项目。你们的生活太累。”

男酒保激发了我无限的好奇心。他可以没有自己独特的追求和欲望，可以放弃甚至鄙视M计划，可以选择在暗无天日的世界里自生自灭，他不担心自己变老、变丑、失业、生病和死亡，好像所有这些人一生下来就该担心的事情都与他无关。他是比共同世界里的普通人更加普通的人。他能理解我的生活，但我却无法理解他的生活。

不同世界的人带来的巨大的反差会产生无与伦比的魅力。我感受到了他们生活的舒适和放松。这种从逻辑上无法理解却让身心倍感快乐的生活方式，奇妙无比。

“我们交换一下舞伴怎么样？”山口带着他的舞伴来到我和酒保身边。

这种自由的、毫无章法的、任何男女都可以重叠在一起摇摆的舞蹈被山口和他的舞伴表现得流光溢彩。山口的美和男酒保完全不同，前者是进化到一定程度的美，后者是一种原始自然的美。山口和女服务员共跳舞时，两种交织在一起的美更加突显出对方的美。我联想到自己和男酒保共舞的时候，会不会也有如此的美感？

我禁不住有些尴尬，于是故意对山口说："不，我的舞技太差，和你跳舞我会紧张。"

"那你现在不紧张吗？别人可是没办法才坚持到现在，我可不想把这对鸳鸯分开。"山口伸手把我拽了过去，女服务员也顺势投入男酒保的怀里。

餐厅里弥漫着 *Never Let Me Go*，我已经是第二次听到这首歌了。我和山口彼此依偎，随着温柔的音乐慢慢摇摆。在这样的氛围里继续下去，我们都会迷失。山口肯定和我一样，觉得混沌世界的餐厅美好得让人流连忘返，可是这个自生自灭的世界是属于我们的世界吗？从日本的初次相遇到后来的结伴旅行，再到此时此刻的相拥共舞，过去一年中发生的种种在我的脑海里苏醒，化作一缕黑烟，正慢慢地从我的脑缝里飘出来糅入昏暗的混沌中去。

如果我和山口生活在格拉堤斯，应该也会发生女服务员男酒保相同的故事，在餐厅里相遇、共事、打情骂俏、翩翩起舞。我羡慕他们，他们没有对过去的牵挂也没有对未来的担忧，只有眼前的欢乐。他们无视窗外可怕狰狞的黑色旋涡，面不改色地在灰暗的街道上行走，看不清彼此却从来不会相互碰撞。

如果在格拉堤斯生活，我和山口每周都会在这个餐厅约会，晚饭后手牵着手在街道上散步，散步的时候我们会偶尔路过刚才那个充斥着肉欲的堕落之地，我们也许会被那些在暗处交织的男女大腿绊倒，然后吓得落荒而逃，直到在一个僻静的地方笑得上气不接下气……如果生活真的是这样，不是很好吗？

“我们要走了，尼奥要急疯了。”山口轻轻抚摸着我的头。

“我们能不能留这儿？”我在山口耳边小声说。

“怎么可能？你不觉得这里很可怕吗？”他惊讶地说。

“如果 Keukenhof 真的不存在，留在这里也很好。”我说。

“Keukenhof 当然存在，那里是天堂，这里是地狱。真实的蓝天、白云、阳光、鲜花，真实的美好世界才是你追求的。你跟他们来自不同的世界，你有理想和抱负，而他们是被世界抛弃的人。”山口温柔的声音像一把小刷子在我的耳朵上轻轻按摩。

“可是他们看上去很幸福。”我说。

“但我们可以去更好的地方。”山口说。

“可是共同人根本不相信真实这回事，我们只为自己的生存欲望而活，我们没有信仰。你总是让我相信这个，相信那个，你是一个很奇怪的人。”我说。

“因为我就是格拉堤斯人，所以我有权利说这样的话。”山口说。

一瞬间，所有的桃红色幻想都被打破了。

“你说什么？”我推开山口，对着他大声地又问了一遍，“你到底在说什么？”

山口向前拽住我的胳膊：“我在格拉堤斯出生，所以我相信别人，也希望被别人相信。”。

“那你为什么不早点告诉我？”我说。

“我们真的要走了，晚点我会告诉你。”山口拉着我的胳膊说。

“你觉得我还会相信你吗？”我问山口。

“你没有选择。”说完，他朝着舞池里那对沉浸在甜蜜中的男酒保和女服务员挥手告别，拉着我走出了餐厅。

就在推开餐厅大门的一瞬间，我被眼前巨大的混沌物质震慑住了。那感觉比我第一次看到它的时候可怕一千倍，它扭曲时恐怖的样子好像随时会把我吞噬。我知道是什么原因加剧了这种恐怖感，是刚才餐厅里的明亮让我暂时忘记了它们的本来面目，是短暂的美好让原本可怕的东西变得更加可怕。这一刻让我深刻地认识到格拉堤斯是一个真实的恐怖世界，是一个离地狱不远的地方。

我们站在原地不敢轻易走动，直到一束光在我们的头顶上空掠过。我们不约而同松了一口气，探照灯的光亮确定了我们仍旧处于安全地带。

“你不是格拉堤斯人吗？怎么还这么紧张？装得像是真正的共同人。”山口的欺骗让我不由自主地总想在语言上报复他。

“这也是我离开格拉堤斯的原因，我无法像真正的本地人那样生活，你是不会明白的。一个人不是出生在哪里就一定会习惯哪里，这两者之间没有直接关系，这是一种个人的选择。你不是也不太喜欢你自己出生的地方吗？”他说。

“可是我没有掩饰，也没有欺骗。”我对他说。

“我也没有掩饰也没有欺骗，我只是不想说。”山口激动地说。

我知道再争论下去也没有意义，况且眼下的情况不论我是否相信他、不论前方的目的地是否到底存在，我都别无选择必须前进。

沿着探照灯向回走了十几分钟，我们就到达了刚才停车的地方。我和山口使劲儿敲打车窗，过了好一会儿车窗才拉下来。尼奥一脸惺忪，打着哈欠，一副刚睡醒的样子，脸上的小蛇也似乎刚刚睡醒，轻轻蠕动了一下。

“你们如果还不回来，我就准备做善后处理了。”尼奥不耐烦地说。

“什么善后处理？”我问尼奥。

“把你们按失踪案件处理，再让警察局联系你们的家人。”尼奥说，“这么长时间你们到底去哪儿了？难道你们就没想起过还有一个劳苦奔波的司机没吃饭吗？”他愤愤地继续说，“如果你们迷路了还情有可原，但是如果你们是去寻欢作乐了，那我就要罚款了。”

我和山口都没有心情搭理他。山口把咖啡和三明治递给尼奥以后便一头钻进车里，我也一声不吭地上了车。窗外妖魔一般四处流动的混沌再也没有了餐厅里玻璃墙上凡·高油画般的美感，只有无穷无尽的空虚与恐怖。我赶紧关上车窗，生怕那怪物会钻进车里把我带走。

格拉堤斯是一块从天而降的巨石，把我脑海中用所有记忆制成的彩色拼图砸得粉碎，洒落在我脑海各处的碎片又被拼凑成一张又一张新的图片，这些图片像电影胶片一样在我的脑海里快速地来回播放。照片里有冰冷高贵的黑色机器人，有旋转的白色风车，有病榻上的劳先生，有表情严肃的父母，有山口那张深不可测的笑脸，有无数具交织在一起的男人和女人的双腿，还有尼奥脸上那条蛇一样的细铁链。我开始想念我的祖国，想念我走了无数次的那条路。我想照照镜子，看看现在的自己变成了什么样子。

我迫切地想要一口气吞下那些能让我青春永驻的药。我像犯了毒瘾一样迅速打开旅行包，翻出一大堆特供给 V 项目成员的药。我倒了一把药在手上，正准备往嘴里塞，突然有人拉住了我的手，我知道是山口。

“你疯了吗？”山口生气地说。

“我是疯了，因为我后悔了。我想回家过我原来的日子，我要老老实实地按照 M 计划生活，我要每天吃这些药坚持活下去。”我歇斯底里地说。

“你怕了？这就是你当初信誓旦旦的理想宣言？”山口甩开我的手。

“你就很光荣吗？你的理想誓言不可笑吗？什么追求真实的爱情，什么成为真正完美的人？你的所作所为证明你就是一个骗子，一个拿所谓的真实世界做幌子的骗子，而且你还是一个高明的、善于诡辩的骗子。你加入 M 项目的目的就是想冠冕堂皇地充当年轻人的精神导师，你是精神骗子。你是格拉堤斯人，但是你向往人造世界，所以你想成为共同世界里的人，你的最终目的就是加入 M 计划成为共同人。”我一口气说完这些话，身体就像是一个泄了气的气球。

山口听了我的话像是受了刺激一般脸色发白，他失望地看了我一眼，没说一句话。

二十六

尼奥任何时候都可以做到旁若无人，他很少加入我和山口的谈话，即便是在山口和我发生激烈争吵的时候，他也依旧若无其事地吃着三明治，也许是他遇到过太多像我们这样的客人，听到过太多相同的谈话，所以我们的所作所为对他而言丝毫不足为奇。

山口的沉默让我感到失落。

“我只是为了活下去。”山口黯然地说，“我确实骗了你，我确实在格拉堤斯出生长大，但我是为了活下去才离开那里的。当一个人快要活不下去的时候，脑袋里就会有很多追求，这种追求可以有很多形式，但目的都是为了活下去。”

山口说话的时候，脸上的表情发生了戏剧性的微妙变化。看着他的脸，我的内心涌起一股冲动，我想抚摸他脸上的眉毛、眼睛、鼻子、嘴唇，我想用手心去感受一个六十岁男人的年轻面庞到底是怎样的不可思议，可我最终还是什么都没做。我只是安静地坐着，看着他，让自己内心的怒火慢慢平息。

山口像是拧开了记忆的阀门，开始追忆自己的过往。他所有的话都像是在自言自语，可又更像是对我说的。

接下来又是一阵沉默，车里安静得只能听到三个人的呼吸声。我已经很久没有听音乐了，就像很久没有呼吸过了似的。我打开 Nestle，如同戴上了氧气罩，精神立刻复活了。车窗外面那些无休止扭动着的混沌就像卡奥斯，我没有勇气和胆量看着它狰狞的面孔，只能闭上眼睛。

宇宙之初，只有卡奥斯，它的形状不可描述；是一个无边无际，一无所有的空间。

二十七

“如果一直生活在格拉堤斯，我不知道能不能活到五十岁。”山口说，“那些东西看久了，眼睛就会失明。”

“哪些东西？”我说。

“就是空气里那些黑乎乎会动的东西，没人知道他们到底是什么。它们可能是一种特殊的尘埃，也可能是自然环境发生巨变后的遗留物质。总之，它们和格拉堤斯的居民相依为命地一直生活在一起。可是很多格拉堤斯人成年以后视力开始变弱，身体开始变差，大家都怀疑这与空气中的奇怪物质有关。”山口说。

“可是格拉堤斯人都是自愿生活在这里的，没有人强迫他们。”我说。

“那是我父母当初的选择而不是我的选择，他们是这里的第一代居民。那个时候共同世界刚刚成立，很多人对这件事情不理解不支持也不关心，这些人是前代世界自由享乐主义的代言人，他们对生存危机漠不关心，对生死存亡毫不理会。这些人放弃了共同世界的生活，带着一腔热情和不切实际的幻想，来到了世界能源组织划分出来的自由世界——格拉堤斯。我的父母既是自由主义者，又是不谙世事的热恋男女，他们觉得世界的变化与自己毫无关系，外界的任何改变都无关紧要。为了所谓的快乐，他们离开了日本。他们认为，自由世界就是一个浪漫的地方。他们完全没有想象过格拉堤斯的实际环境，也没有担心过未来的生存保障。他们搬到格拉堤斯后不久就生下了我。”

“后来呢？”我被山口家的故事吸引了。

山口调整了一下坐姿继续说：“他们过得一直很幸福，可是这里的奇怪环境会让他们的幸福生活变得越来越短暂，这一切都出乎这对自由浪漫年轻人的预料之外。后来他们觉得自己的精神越来越压抑，身体越来越不好，可是又无法找到原因。久而久之，这些无法用甜蜜爱情抵消的烦恼越来越多。在一个可能会让人的机能发生退化的世界里，如何生存下去才是最重要的。”

“那他们没想过离开格拉堤斯吗？比如再回日本？”我说。

“放弃了做共同人的机会就意味着永远无法回到故

乡，但是可以申请将子女送回共同世界。”山口无奈地笑了笑。

“所以你后来回到了日本？”我问他。

“我十五岁的时候离开了格拉堤斯。二十岁以前我经常回这里看望父母，不过在我二十一岁那年，他们就都去世了，后来就再也没有回来过。”山口显得很沮丧，他眼神空洞地望着车窗外面，说话的时候自始至终都处于神游的状态。

我感受到了他冷静外表下内心的抽搐，这种抽搐一定与他骨子里父母遗传的自由主义基因有关，与一种不同于共同人的原始欲望和情感有关。我羡慕他拥有这种基因，我的内心几乎没有抽搐过，我的喜怒哀乐只是一种形式，我的语言也只是配合面部表情的符号而已。人只有在没有进化到高级阶段的时候才会把内心深处的情绪表现在脸上，先进的共同人的内心和表情是脱离开的，内心是内心，情绪是情绪，脸是脸。山口总是面无表情，可他眼神中迸发出的情感就像一束火焰，火焰的光芒照亮了我，我没有任何力量阻挡这束火焰的光芒。

我被山口的故事感动了，感情上我相信他说的一切，可理智上仍旧有所怀疑。山口的故事关系着一段离奇的、在我的世界里从来不曾有人提起过的历史。

“我一直觉得他们过得很幸福，就像刚才餐厅里的两个人所表现出来的那种肆无忌惮的幸福。自从我回到东京以后就再也不曾见到过那种幸福。我无数次幻想过在共同世界里像他们那样幸福自在地生活，用一生的时间去体会无拘无束的真实的爱情，现在想起来真是愚蠢。”山口无可奈何地笑了笑，“很多来过格拉堤斯的人都说这里是肮脏的地狱，是黑暗的净土和乐园，还说这里是纯天然的假面舞会俱乐部，甚至还有人说这里是邪教爱好者的聚居地和滥交人士的流放地。你认为呢？”

“这些看法都不重要。很多人包括你的父母在内，冒险来到这里就是为了拒绝束缚、选择自由，他们没有太多复杂的想法，黑暗的环境和面目狰狞的灰色物质都不是问题，格拉堤斯就是因为拥有了这些奇怪的不可思议的东西才显得更有价值。”我说，“可是，真的没人知道这些在空气中流动的混沌一样的东西到底是什么？”

“我刚才已经说过了，没人知道。也许科学家们知道，但是他们不想让我们知道真相，况且大部分人对它到底是什么也不感兴趣。反正我生下来第一眼看到的格拉堤斯就是这样，我甚至怀疑整个世界都是格拉堤斯的样子，只不过人们把世界的绝大部分包装成共同世界的样子，人们用人造手段掩盖了这种无处不在的混沌，格拉堤斯才是世界的本来面目。假如有一天拿掉世界的面具，那我们所到之处都应该是混沌。”山口停顿了一下，继续说，“我父母那代人有属于他们的幸运之处，他们至少还有选择的权利。而你们这代人对任何事情都一无所知，更不知道格拉堤斯的存在，这对你们来说不知道是好事和坏事。我六十岁你三十岁，如果没有我，你也许永远都不会知道格拉堤斯的存在。”

如果换成是我，一出生便看到这样的混沌世界，自然也不会觉得害怕，甚至还会觉得很有意思。就像前代人里有很多父亲，喜欢对着新生的婴儿吐烟圈或者用勺子蘸点红酒在婴儿的嘴唇上点一下，好让新生儿初尝瘾品的快乐。好奇的新生儿不但不觉得害怕，反而非常快乐甚至更加想要跃跃欲试。

出生在一个丑陋的世界，世界对你而言就是美的；出生在一个美丽的世界，世界对你而言反而普通。

“我们最好能赶紧离开这鬼地方，要是迷路就不好办了。”尼奥自言自语地说。他用手背抹了一下残留在嘴角的一点儿芝士。

我和山口静静地坐着，看着窗外，既没有离开的渴望，也没有恋恋不舍的失落。

我知道我们很快就会离开格拉堤斯，我抱着告别的心态鼓足勇气又一次仔细地看了一眼外面黑灰色的世界。在空中旋转扭曲的混沌就像是格拉堤斯的图腾一样到处漂浮，无处不在，变化无常。我再一次想起了地狱之门，这一团一团扭曲的黑色物质构成了伴随我们左右的流动背景，黑色的流动如同锋利的刻刀在塑造泥土或者石头时留下的余韵，它美，它可怕，它是一种有力量的无人了解的动态物体。叫它们混沌或许并不准确，可是它的确就像是中国童话故事里描述的那种尚未开化的且天地浑然一体的“混沌”状态；它也许意义非凡，是西方宗教《圣经》的神学宇宙论阐明世界的发生过程，这个过程在非终极的意义上，上帝与原始混沌共同存在；它也是日本混沌天地起源时的样子，大地依旧未成形如油脂漂浮不定。神话中的世界都始源于混沌，起初天地连在一起，即处于混沌状态，直至某一束阳光、某一个神、某一件事迹将它们分开，然后一个美丽、有秩序的世界立即呈现出来。

如果山口的猜测成立，那我们的世界就是创世纪的再现。人们利用自己的智慧将混沌世界进行了二次净化分离，最终建立了又一个美丽且有秩序的新世界，人成了神。

格拉堤斯难道真的是一道地狱之门？人们在这里短暂停留然后迎接死亡？又或者格拉堤斯人才是我们的神，神要用一个新的与众不同的神话世界去制约一个美丽有序的世界。

二十八

我们终于冲出了笼罩天地的混沌，一切又都变得无比清净。

我又看见了天空、白色的风车和路上安静的行人，一切又回归了整齐和有序。我放下车窗把头探出车窗外，大口呼吸着外面的新鲜空气。山口和尼奥也开始放松地闲谈起来，不时发出男人爽朗的笑声。尼奥打开音响选了一首我们都喜欢的 *Why Do Fools Fall in Love*，汽车也像是听懂了音乐似的速度越来越快。我们的思绪、灵魂和肉体被奔驰的汽车载入前方那个五彩缤纷的世界。

尼奥把头伸出窗外，对着外面大喊："h-e-l-l-o！I-am-here！"可是路上的行人丝毫没有被他的叫喊声吸引，依旧目不斜视地向前走着。

我和山口被尼奥逗得哈哈大笑，可是内心又在为眼前景象与格拉堤斯形成的巨大反差而感到失落。这种失落是人本能上的一种反应，是一种欲望上的不满足。我们为重返洁净有序的世界而感到愉快，为脱离那个似地狱非地狱的神秘地带而感到失落。

山口的父母当初为了逃避人生中的一场重大变故而义无反顾地选择在格拉堤斯生活，而我的父母呢？他们说为了我选择在共同世界生活，为了我放弃了去自由地带。我该相信他们吗？M计划执行区、非M计划执行区、格拉堤斯、共同世界、自由世界，这一连串相互关联的词语掺和在一起把我的脑子彻底搞乱了。

若不是因为我要去Keukenhof，以我父母的性格，他们是永远都不会主动告诉我关于共同世界的过去的，因为他们已经忘记了自己曾经拥有过的真实，他们的情感已经变得无法感受到我内心的痛苦，他们正慢慢地成为合格的共同人。世界亦然如此，人也该如此。

不可否认的是，旅途中总会有某个契机触发我对父母的无限思念，我甚至开始想念他们特有的那种让我无比讨厌的麻木、无感和冷漠。在格拉堤斯的时候，曾经有那么一瞬间我幻想过小时候与父母生活在格拉堤斯的生活。父亲会在屋外的小院里教我骑自行车，院子被混沌笼罩着什么都看不见，所以父亲必须时刻贴身保护我，小心翼翼地教我如何在自行车上保持平衡。而母亲会充分发挥她女主人的天性，把我们这个位于混沌世界的一隅之地装扮得舒适温馨。她会跟餐厅的老板一样把家里的每扇窗户当作天然画框，画框可以是蓝色的、绿色的、粉色的，无论外面那些奇怪恐怖的黑色物体如何变化，只要经过母亲装饰过的窗户，就会形成独特的印象派油画。在家里，我们与外面的混沌无关；离开家，我们是混沌的一部分。每天睡觉前，母亲都会给我讲前代人的传奇故事，比如春天是怎样一个阳光灿烂的季节，而我一定会对母亲撒娇，央求她今天不要讲关于春天的故事，我要听冬天的故事。我就这样在格拉堤斯一天天长大，长大以后我会成为格拉堤斯一名出色的画家。我画的《混沌语》系列会在共同世界里巡回展览，而我的另一个系列作品《九色》将成为一票难求的热门展览。总之，我幻想过我们一家三口在格拉堤斯生活得很幸福。

父母会想念我吗？也许他们吃饭的时候会谈起我。母亲一定先是叹口气，然后把快要放到嘴里的菜又拿出来，因为她一定要先把话说完才会继续吃饭。母亲会说，她前几天来过电话，说是还没到地方。父亲通常不会马上回应母亲的话，但是过一会儿他一定会说，让她吃吃苦头就好了。这是父亲的口头禅，只要是关于我的任何事情，他都认为是在吃苦头。等到第二天吃饭的时候，他们还是会重复同样的对话，第三天、第四天、第五天也是一样。这些点点滴滴的不愉快让我特别想念他们，这想念与我们在一起时的美好时光无关，仅仅是一种血缘上的想念。

走得越远，我越是能够感受到自由这股力量在我身上的强烈作用。可是对父母愈加强烈的思念又始终在撕扯着我前进的肉体和灵魂。

格拉堤斯让我忘记了M项目。其实共同世界和格拉堤斯又有什么区别？一个是为了欲望自愿被控制，一个是为了欲望自愿被毁灭。谁能确定在哪一个世界里可以活得更好？这是一个关于人生的巨大讽刺。聪明的人类设计了一个以我们自己为道具、以我们的人生为实验室的危险试验。生存在共同世界的我们是白棋，生存在混沌世界的格拉堤斯人是黑棋，但本质上我们是一类人，所有人都在各自的世界为了生存与命运顽强地较量。它无关生命时间的长短，也无关拥有天分和资源的多少，它是一场关于精神进化与升级的较量。

二十九

汽车继续向前行驶。山口望着窗外的表情如此平静安详。我祈祷他不被打扰，从现在开始直到永远，就这样安静地待在车里。我祈祷我们是一对为了一个根本不存在的终点而永不停歇的旅人。

三十

毁灭

夏尔·波德莱尔

魔鬼在我的身旁激动不已，在我的周围
仿佛摸不着的空气一样飘荡
我一口把他吞下，却感到他给我的肺
燃起火来，使它充满有罪而永不消失的欲望
他往往化为最富有魅力的娇娃
因为他了解我对艺术的强烈的爱好，
他又在伪君子似是而非的借口下
使我的嘴唇习惯于不光彩的媚药。
他就这样使我远离上帝的目光，

把气喘吁吁而疲惫不堪的我引向
烦恼那荒无人烟的一望无际的原野，又向我一片
混乱的视野中抛出
导致毁灭的鲜血淋漓的器械、
裸露的伤口与满是污迹的衣服。

三十一

山口和我一样也在回忆他的过去。回忆那些实实在在生活过的日子让他更加心痛，他憎恨为什么把他生在那里又要把他赶走。

从山口记事开始，父母就反复告诉他，格拉堤斯不是日本，但你是日本人。山口问，为什么他们会在这里？父亲说这里有我们想要的生活，这种生活日本已经没有了。山口问，为什么？爸爸告诉他，终有一天他会明白。

妈妈给山口讲过许多关于日本的事。她说每年的五月五日是男孩节，这一天人们会在外面挂起很多鲤鱼旗，日本人认为鲤鱼是好运的象征，为了祈祷上天照看好自己的孩子，所以立起鲤鱼旗以引起上天的注意，这样男孩子们就能成为武士。山口常常被母亲绘声绘色的描述弄得心驰神往，他觉得那是一个童话世界。那时候的山口年纪还小，还不太能够理解外界环境与自己到底有着怎样的紧密联系。

六岁以前，山口大部分的活动范围都是在家里，父母的关爱从来没有让他觉得生活有什么异样。他们一家三口住在一所大房子里，邻居们有时候会来拜访，他和邻居家的小女儿成了要好的伙伴，两家的男主人时常聚在一起下棋打牌，女主人们就一起在厨房里忙来忙去。吃饭的时候，大人们一边喝酒一边高谈阔论，可有时候山口的爸爸会突然失声痛哭，这让小山口不知所措，不知道究竟发生了什么事。邻居夫妇是本地人，男主人对山口父亲的反常表现总是施予无可奈何的同情，他总是轻轻拍着山口父亲的肩膀再配合一声微微的叹息。通常山口会跑去问母亲，“爸爸怎么了？”“没事，宝贝，爸爸只是想家了。”母亲每次的回答都是一样的。

听了母亲的话，山口就会走到父亲身边对着父亲的耳朵小声说：“爸爸，这里就是我们的家。”

趴在桌上的父亲轻轻抬起头，又哭又笑的表情异常复杂。他温柔地看着山口，然后一把将山口紧紧搂进怀里。父亲的这个举动让山口觉得自己是世界上最幸福的人，他不理解，在什么地方生活对大人们那么重要吗？

六岁的时候山口要上学了。开学第一天是山口第一次踏出家门的日子。当母亲牵着他的手打开家门的那一刻，他捂住眼睛大叫了一声“啊”！可是母亲却笑了，然后连哄带骗地把他拼命捂着眼睛的手拽了下来。

“别害怕，这不是怪物，这是外面的世界。”母亲说。

“可是除了黑乎乎的东西我什么都看不见。”山口又用手捂着眼睛说。

“你试试看能不能看到妈妈？”母亲说。

“可是我害怕。这些黑色会动的东西是什么呀？它们像书上画的怪物的脸。”山口一边说一边透过指缝小心翼翼地窥探着这个可怕的“外面的世界”。

“你要学会跟它们做朋友。你盯着它们看一会儿就不会害怕了。”母亲说。

山口为了克服心中的巨大恐惧拼命忍耐着。他把挡着眼睛的手放下来，一动不动地站着，用眼睛使劲盯着到处漂移的黑色团状物体。这些黑色的家伙是幽灵吗？书上画的死魂灵差不多就是这个样子。他们一定是死去的冤魂化作的黑色怨气在到处游荡。他们是一群可怜的家伙，一定是没有家才跑到这里把这里当作了家。他们是披着黑色斗篷的死神吗？可是他们没有手，没有脚，也没有镰刀。妈妈说得对，他们不是什么可怕的怪物，他们是和空气一起存在的东西，没什么大不了的。跟这些黑色家伙玩捉迷藏的游戏一定有意思极了，别人一定找不到我。

山口就是这样在经过内心的激烈挣扎之后，又瞪着眼睛对着空气中的混沌看了好一会儿，渐渐地他真的不再害怕这些面目狰狞的黑色物体。他挣脱开母亲的双手，向黑色迷雾中跑去，他又蹦又跳，享受着第一次外出的喜悦。

“别跑，我快看不到你了，站住，你会走丢的。”母亲在他身后紧紧地跟随着。

“妈妈，你看到我了吗？我在这里，哈哈。”山口大声地喊道。

这天是山口第一次真正明白他和父母生活在一个不可思议的地方。除了初次短暂的恐惧，山口再也没有对他生活着的世界感到害怕过。他习惯拿着手电筒上学放学，习惯和迎面走来的行人在快要发生碰撞的时候才打招呼，习惯在迷雾一样的混沌中依靠知觉寻找前方的目标。心情不好的时候，他会找一个安静的地方待着，然后眼睛紧紧盯着面前的一团黑色混沌，就像是在盯着一条游来游去的鱼。他观察它在空中移动变化的每一个细节，看着它像初初入水的一滴黑墨在水中慢慢扩散开去。这种观察总是能够让山口内心平静，这些黑色的混沌伙伴成了他最要好的朋友。他觉得自己就是水，可以让这些柔软无形的家伙像黑色的墨水一样被自己稀释，它们与自己融合、碰撞，最终成为相依相伴的朋友。

山口的父母对他的怪异行为感到诧异。他们常常对山口说："外面很危险，不要乱逛，要是迷路就麻烦了。"

也许山口的身体里流淌着武士般倔强的血液，所以对父母的话充耳不闻。和许多生活在其他地方的孩子一样，山口觉得他就是世界的主宰。

山口不屑与同龄孩子一起玩，他觉得他们死气沉沉的，走在路上的样子就像一条条漂浮的死鱼。山口觉得格拉堤斯如同海底世界，所以人和鱼一样可以分成很多种。他乐意成为如闪电般快速前进的旗鱼，而不是那些长相恐怖行动缓慢的鲸鱼。能够被山口吸引并且成为朋友的人，必然能够做到可以像鱼一样和他交流，这种交流不论是依靠声音还是动作都会让人的心智和大脑更加敏锐，友谊也会更加坚固。

山口在同龄人里找不到这样的知己。世界上有一条最孤独的鲸鱼，这条鲸鱼叫作 Alice，它没有一个朋友，因为它唱歌的时候没有同类能够听见，难过的时候没有同类理睬，因为它的频率比一般的同类要低，它的频率一直与众不同。山口就和 Alice 一样，发出的频率也不同。但是他并不孤独，他就像一个置身于黑色海洋善于与海浪玩耍的孩子，日复一日享受着冲浪带给他的激动人心的刺激。

但是有一个人对山口是个例外，那就是邻居夫妇的女儿，宁。

青梅竹马产生的情愫是一种对任何人都不会例外的自然规律。宁是个长着红色头发的漂亮姑娘，年纪和山口相仿，性格却和山口截然相反。宁极其开朗外向，很有亲和力，在学校里是学生领袖，在社会上是人见人爱的可爱女孩。而山口极其内向古怪，虽然与同龄人格格不入，可偏偏与宁心有灵犀，也许他们就是两个频率相同的人。宁就像是这黑暗海洋里轻轻缠绕在山口身上的一条柔软的绿色海草，她跟着他漂浮游荡，静静地陪伴着他，不给他任何体力上的负担，间或分离一会儿又相聚一会儿，相依相伴。

因为宁的存在，山口从来没有想过未来会有什么不好。

可是山口的父母一直在担心山口的成长和未来，尽管山口对此浑然不知。随着年龄的增长，山口甚至开始讨厌家里那种明亮有序的环境，他觉得外面黑色神秘的世界更让他着迷。山口放学后常常拖到很晚才回家，周末也经常不在家。只要在家里待久了，他就像是一头被困住的野兽，坐立不安。

让山口觉得不舒服的事情只有一件。可能是因为长期以来明暗两个环境的频繁切换对他的眼睛造成了某些影响，他的眼睛经常干涩疼痛。为了缓解这种情况，他总是一回家就戴上深色墨镜，等眼睛逐渐适应室内的光线后再把眼镜摘下来。

其实忍受这种痛苦的人不止他一个，生活在格拉堤斯的所有人都在忍受着相同的折磨，他们中有些人通过调整室内光线减少明暗过渡对眼睛的刺激，有些人则干脆把室内的光线调整到和户外一样昏暗。尽管需要忍受如此折磨，尽管无法像山口一样对混沌由衷地热爱，可绝大多数人仍旧热爱格拉堤斯。他们为了自由来到这里，他们需要延续旧世界的生活习惯，他们把家里装潢得五颜六色，他们习惯了把刀叉、咖啡杯、茶杯、碗碟按照自己的习惯排列整齐，他们习惯了屋里整齐明亮，习惯了家里充满旧世界的生活气息，他们习惯说过去常说的话，做过去常做的事，所以当格拉堤斯的一切都在发生改变时，不舒服的人、痛苦的人和崩溃的人最终都会坦然接受并且适应一切变化。

山口不懂成人世界里残酷的现实，他是昏暗世界里的一个异类。很多和他一样出生在这里的孩子们虽然也很适应这里的环境，但在感情上谁都不会像山口一样发自内心地热爱这里。山口觉得格拉堤斯是一个魔法世界，人与人在黑色的烟雾中无法看清彼此，犹如生活在奥林匹斯圣山上的诸神将自己隐身在昏暗中，从不轻易现身。这种既高贵又神秘的感觉把山口的心彻底征服了，他觉得一切暴露在亮光下的东西都会因为缺乏神秘感而黯然失色，即使再五彩缤纷的东西，暴露在亮光下也形同枯槁。他为自己自创的这套神秘主义理论兴奋不已，那些成年人的痛苦和煎熬在他看来毫无意义。

山口的父母对小家伙的种种行为哭笑不得，也因此产生了更多的伤感和担忧。他们担心终有一天所有人的眼睛都会失明，最终彻底沦为黑暗的奴隶。他们后悔当初没有选择一条崭新且充满无限可能的道路，为自己没能成为一对称职的父母而愧疚。这也是为什么在家庭聚会上山口的父亲时常在酒醉后伏在桌上哭泣。山口是一个与众不同而且很有思想的少年，可他真的无法理解为什么父母会有这样的担忧，他努力用早熟的话语和勇敢的行为向他们证明他从不惧怕未来。可是父母终究是父母，每次听到山口用假装成熟的语气安慰他们的时候，他们总是无可奈何地笑笑，然后使劲儿地摸摸他的头。

山口的小伙伴宁是另一个异类。她不但不害怕大人们所担心的一切，反而比山口更多出一种对事物强烈的征服欲。和山口在一起时，宁常常会做出一些比山口更加激烈和叛逆的行为。

“既然父母担心我们在这里会变成瞎子，那我们就离开这里，以后再回来。”宁说。

“世界上哪里还会比这里好？”山口说。

“你真傻，你就是一只天生的井底之蛙。你爸爸妈妈向你提过日本老家的事情吗？”宁高傲地看着山口说道。

“当然了，他们经常给我讲关于日本的故事，特别有意思。”山口说。

“你没想过回去看看？”宁说。

“为什么要去日本？”山口觉得宁的问题很奇怪。

“什么为什么？你是日本人，你不想回自己的老家看看吗？你不好奇那里的人是不是和你一样吗？”宁那头火红的头发就像一团火在山口眼前燃烧，“我可不想一辈子待在这里，我以后要和你一起去日本看看。”

山口根本没有注意听宁说的话，只觉得宁的那团红色的火焰将自己的脸烧得滚烫。他本能地觉得要做一件可以让这团火熄灭的事，于是轻轻地在宁的脸上吻了一下。

在有了第一次微妙的亲吻之后，山口和宁发自内心地感觉彼此更加亲密了。他们仍旧和以前一样在混沌制造的海洋世界里嬉戏追逐。山口虽然尚是少年，比起对日本的渴望，对异性的冲动显然要大得多。他渴望和宁永远像现在一样终日相伴，让宁那头火红的头发覆盖自己的脸庞，享受宁的忽冷忽热带给自己的魂不守舍和甜蜜的苦痛。光是这些幻想就已经足够让山口头脑发热心神不宁。

可是无论山口对宁的感情有多深都无法阻止父母为他的离开所做的诸多准备。山口父母的内心既矛盾又痛苦的，他们既没有信心让自己的孩子在格拉堤斯健康快乐地生活下去，也没有办法彻底改变一家人分离的命运，比起全家在这暗无天日的世界里生活，倒不如离开孩子，让他独自去另外的世界生活，骨肉分离是最痛苦也是最妥善的出路。

并不是所有在格拉堤斯生活的家庭都有和山口父母一样的想法，这就是人性最有力量、最奇怪、最复杂和最难以改变的地方。比如宁的父亲和母亲就从来没有想过宁会离开自己，更没有想过要把送宁到外面的世界。

格拉堤斯人对待健康的态度也很乐观。身体状态的改变本来就是漫长的过程，就算得了某种发展缓慢的疾病，短期内也不会有太大改变，久而久之人们就不太介意身体器官的变化和疾病的存在。在奇特环境里长期生活的格拉堤斯人，思维和肉体与我们有很大的区别。他们既强壮又脆弱，精神无比自由但肉体无比困顿，就像我之前描述过的海底世界，这里的人就像是生活在海底世界的鱼，长期处在一种安静与骚动并存的状态里。他们长着鱼一样冰冷难看的脸，可是他们的灵魂像鱼一样热情灵动。即便生活在混沌世界，他们在路上也不会撞到对方，因为他们像鱼一样靠感觉就可以避开对方。如果有一天他们因为没有绕过对方而彼此相撞，那一定是因为一个男人碰到一个女人并且恋爱了。

三十二

虽然宁和山口还只是不满十五岁的少年，但如同一对成年男女在朝着恋爱的方向发展了。

有一天，宁无意中偷听到了父母的谈话，于是一场发生在格拉堤斯的悲剧就此拉开了序幕。

“听说山口他们家要把孩子送回日本。”宁的母亲说。

“你听谁说的？”宁的父亲吃惊地问。

“前几天我去给他们送饼干，看到他们正在填写回共同世界的申请表。”宁的母亲说，“要是我的话，才不会把孩子送到那个地方去。”

“小心宁听到。”宁的父亲故意压低声音说。

“他们感情那么好，如果山口不在了，宁一定会难过。”宁的母亲说。

“宁在外面，先别说了。”宁的父亲是一个敏感的人，他知道宁听到这些话的后果。

可是宁还是偷听到了父母的谈话，她很失落。

接近青春期的孩子即使再早熟也还是无法理解现实世界的复杂性和残酷性，但宁是在格拉堤斯这样一个自由混乱的地方出生长大的孩子，她身上所有的器官都出奇地灵敏，她的洞察力异常敏锐，她明白说不清楚的事情是最危险可怕的。宁不太明白为什么山口可以离开这里而她不能，但她知道整件事情一定是被一股巨大的力量所掌控。宁迫切地想见到山口，然后告诉他偷听到的这一切。

山口和宁见面的地方是一个离家不远但少有人去的玻璃屋。在格拉堤斯，所有的公共场所都是用玻璃建造的，因为玻璃建筑里面发出的灯光能够帮助路人识别场所和方向。这些造型各异的玻璃建筑像一盏盏巨大的落地路灯，遍布格拉堤斯的各个角落。

宁和山口见面的玻璃屋其实就是一座巨大的长方形玻璃艺术品，屋顶用不锈钢材料建造，屋身则是粉色的玻璃墙。玻璃屋四面围墙中的一面是供客人进出的门，只要有人从门外进入玻璃屋，原本透明的粉色玻璃墙就会变成朦胧的浅蓝色。玻璃屋将里面的人与外面的世界隔离开，从屋子里面看外面，变化莫测的黑色混沌如同海洋里游动的巨鲨一般觊觎着玻璃屋里的猎物，它们一圈又一圈地围着玻璃屋打转，一会儿离开，一会儿回来。热恋中的男女可以在这里尽情享受偷情的乐趣；孩子可以在这里肆无忌惮地玩耍；如果是山口和宁，这里就是他们创造秘密与分享秘密的完美场所。

“你怎么了？”山口看见玻璃屋里的宁满脸通红，一时竟不知所措。

“你为什么不告诉我？”宁一看见山口就生气地问。

“告诉你什么？”山口莫名其妙地说。

宁看到山口一脸无辜的样子更加生气。她胸口里攒着一股因为委屈、不安、恐惧和失望化作的闷气。这股闷气随时都有可能变成一口鲜血从她嘴里吐出来。山口无法体会宁心里的这股闷气，即便他知道其中的原委，也无法理解宁此时此刻的反应，因为他从来就没有想过会跟宁分开，他坚信彼此的命运早已注定，不会分开。

“你为什么不告诉我你要去日本？”说完这句话，宁像是真的吐了一口血似的胸口一阵剧痛，脸色变得苍白。

山口从来没有见过宁这样。

“他们那是开玩笑的，根本不可能。如果是真的，我怎么会不知道？如果我知道一定会告诉你。”宁看着山口手忙脚乱地一通解释，怒气稍微消了一些。

“大人的话很多时候都是随便说说的。我爸爸妈妈说我出生的时候生过一场大病，他们花了几年时间找遍了医生才治好，后来我才知道这是他们编造的故事，他们怕我小时候不听话，所以编故事故意骗我。大人们可是诡计多端的动物，为了控制我们，他们什么话都会说，什么事都会做。也许这次他们又是为了管教我故意设计的圈套。”山口一脸正经地发表着对成人世界的控诉。

“你就这么看待你的爸爸妈妈？”宁虽然冷静了许多，但还是没有被山口的话说服。

“我说的不是我的爸爸妈妈，我说的是大人。大人和孩子是不同的动物。”山口说。

“我不知道，但我觉得这件事情是真的。”宁依旧苍白的脸上挂着失望的表情。

“为什么？”山口说。

“我爸爸妈妈说这件事的时候，语气特别奇怪，我觉得一切都不像是假的，而且他们一直担心我听到会生气，所以这更让人觉得奇怪。”宁说。

“那我回家问问我爸爸妈妈，你也跟我一起去。”山口说。

“我不去！他们就是不想让我知道。”宁一边摇头一边说。

“所以才要问清楚，不然你不会相信我。”山口执拗地说。

宁还是摇了摇头，她的脸渐渐有了血色，表情也恢复了以往高傲的样子。她若有所思地叹了口气，天真无邪的脸上突然闪过一丝坏笑，“我们可以经常偷听他们说话，久了自然就知道是真是假。”

山口看着宁，胸口里似乎也生出一股血，这股血是为了随时准备为宁去死的时候才需要的。山口点了点头，然后拉起宁的手肩并肩坐在玻璃屋里的台阶上。窗外那些来来往往的灰黑色混沌伙伴像是也听懂了这两个小伙伴的话似的，它们理解他们的心情，明白他们的喜怒哀乐，它们就这样安静地陪伴着这两个少年，充当着他们的守护者。

日子一天天地过去，宁却再也没有提起过这件事，就像这件事从来没有在他们之间发生过。山口虽然遵守诺言一直偷偷留意父母的谈话，但是从来没有发现过任何异常。有好几次山口想直接问他们，但总有一些说不清的原因在阻止他。也许在潜意识里，山口渴望和宁一起去过一种冒险生活，和宁私奔到日本，共同体验另外一种生活；可是他又渴望与宁在格拉堤斯过平静如水的幸福生活，在精神上长相厮守。山口不确定哪一种生活可以让他和宁更加快乐、更加幸福。

但是让宁和山口都忐忑不安的事情终于还是发生了。

就在某一天晚饭的时候，山口的母亲一边嚼着嘴里的食物一边不经意地说：“你想去共同世界生活吗？离开我们去日本……”

母亲的话像一根细细的针刺了一下山口的右手，他握着叉子的右手在空中停顿了几秒之后才把食物送进了嘴里。

“为什么？”山口问。

山口的母亲是一个非常温柔的女人，她准备以最大限度的温柔和耐心说服山口。

“去共同世界生活对你有好处，那里跟这里完全不同，是格拉堤斯人向往的地方，跟天堂差不多，再说日本是我们的故乡。”

“如果共同世界是一个活人可以生活的天堂，那你们为什么不把我生在那里？”山口非常明白母亲说的到底是什么，但他此时此刻想到的只是宁。

“我们是为了你好。我和你父亲曾经放弃了在那里生活的机会，所以希望你能够代替我们回到那里好好活下去，这是我和你爸爸共同的心愿。”这个女人温柔平静地向自己的儿子倾诉内心的想法。

一旁的父亲始终沉默着。

母亲继续说：“我们相信你会喜欢那里，而且很快就会忘记这里的一切。那里有很多图书馆，还有来自世界各地的朋友，你可以跟他们说共同语，你永远不用担心在外面会迷路。”

“您别说了，我不想听。”山口希望母亲继续描述那个神奇的世界，他想确认那里就是他和宁共同幻想过的另一个世界，可是宁如果不去，他就什么都不想听。他害怕听到的越多，他的意志就会越薄弱。

“不知道宁能不能去？她们的家族一直都是土生土长的格拉堤斯人，所以可能没有资格申请去共同世界生活。如果她能去当然最好，如果不能，你也不必放在心上，你会在新的地方找到更可爱的朋友。”一直缄默的父亲终于开口了，“我们不希望你以后像我们一样越来越像怪物。”

山口看了一眼坐在对面的父母，山口发现他们真的在不知不觉中开始从人变成了怪物。曾经美丽的母亲，脸上的五官不知从何时开始怪异地模糊起来，下嘴唇的中间有一条深深的皲裂，那皲裂像是嘴唇上修砌的一个沟渠，常年就这么干涸着，还有她眉心之间的一条“沟渠”，那一定是因为长期在黑暗中皱着眉头艰难地识别物体而导致的。儿时记忆中父亲英俊的面孔早已荡然无存，如今的父亲，眼睛深深凹陷，即使从正面也很难看到他严重凹陷的眼睛。山口想象自己长大后也许会变成比父母更加丑陋的怪物，心不由得颤抖了一下。

“让我想想。”山口的意志薄弱了。

山口的父母彼此对视了一下，微笑着对他点了点头。

山口和宁又在玻璃屋里见面了。

“你说的那件事情是真的。爸爸妈妈说要让我去日本生活，你能和我一起去吗？”山口一边说一边小心翼翼地观察宁脸上的表情，只要发现神色稍有不对，他就会立即结束谈话。

“哦，是吗？”宁平静地说。

宁的反应和山口预想的不太一样，以她的性格听到这些话应该暴跳如雷才对。不过宁做什么，山口都不会觉得奇怪，因为她是宁。

“你去吧，回自己的老家，回到共同世界去，你会过得很好。”宁说话的时候没有看山口，眼睛只是呆呆地盯着玻璃屋外黑色的混沌。

“如果你不去，我也不去。”山口的手指轻轻地抚弄着宁火红的头发，他感觉宁的头发正在自己的手掌心燃烧，“你去问问你的爸爸妈妈，能不能让你和我一起走？”

“如果他们说不行呢？”宁的眼睛依旧盯着玻璃墙外那些混沌，就像是在欣赏鱼缸里的鱼。

“那我也不去，我们一辈子就待在这里。”山口激动地说。

山口不知道他的承诺是出于冲动还是出于爱，但他必须要这么说。宁火红的头发是他在这个世界里唯一能够看得见的东西，一想到留下宁一个人慢慢地变成相貌丑陋的怪物，他就心痛。

“真的？”宁终于把脸转了过来，她看着山口，眼里闪着泪花。

“可是我希望你离开这里，就算现在我们不能在一起，以后我再想办法去找你。”宁眼里噙着的泪水几乎就要流淌下来，“你要回到你真正的家，你要帮我看看共同世界是什么样的地方，你还要替我找一个适合的地方，我可不想去找你的时候没有住的地方。”

宁就是这样一个性格狂野的人，说话的时候故作成熟，思考问题天马行空，她是幼稚和早熟的和谐统一体，只有山口能够触碰到她的真心。

虽然山口和宁尚处少年阶段，但不能否认他们正经历着一场刻骨铭心的爱情。在一个无法看清彼此的世界，他们用自己的方式拼命感受着彼此，捕捉对方爱恋自己的任何一个细节。山口之前的那一丝动摇被宁轻易地平复了，他决定告诉父母，他要留在格拉堤斯。

当山口把这个决定告诉父母的时候，他完全没有料到这个决定会产生什么后果。他自认为很了解自己的父母，以为他们会一直尊重他的想法。

“我们有权利替你做决定。宁是不可能和你一起去日本的，她是本地人。如果她的父母想让她离开这里，就必须向世界能源组织提出特殊申请。就算申请通过，她也不一定就是去日本，也许是中国或者其他什么地方。这些事情谁都改变不了，你还小，很难理解这些事情。”母亲抚摸着山口的头温柔地说，“等你们都长大了，想法就会改变。”

“格拉堤斯有什么不好？我不明白为什么非要离开这里。我不想离开你们，更不想离开宁。你说大家会变成怪物，可是所有人都活得好好的。你们难道没见过附近餐馆老板的漂亮女儿吗？附近还有个老人活到一百岁还是人的样子，既没有长出犄角也没有长出獠牙。”山口愤怒地看着母亲，他确实不明白这一切到底是为什么。

山口是个孩子，自然不明白其中的真相。可是大人们也不明白，他们无法给山口一个合理的解释，所以他们只能依靠直觉和观察来判断最好的未来应该是什么。

“我也不知道，但是我们觉得这里的一切都不正常。没人告诉我们这里为什么这么昏暗，没人告诉我们空气里黑色的东西到底是什么，没人告诉我们在这里人能活多久。附近是有一个人活到了一百岁，可是上周死了十个年纪不到五十岁的人。餐厅老板的女儿是很漂亮，可她才十八岁，等到她到了二十五岁的时候就会慢慢变成我的样子。再说换一个环境有什么不好，那是你的家乡，是你父母出生长大的地方，你可以申请回来看望我们和宁。”山口的母亲激动地说。

“我要等宁的申请结果出来以后再考虑。”山口试图说服母亲再给他一些时间。

“你的手续已经办好了，必须在三个月内离开。但愿宁能够在三个月内有结果，如果她不能和你一起去，我们希望你能像个男子汉，尽快把这些事情忘掉，尽快开始新的生活。”母亲严肃地说。

该是山口父亲发挥作用的时候了。“山口，你要像个武士，我想宁也不希望你因为她而留下来。我了解那孩子，她是个与众不同的人，她比男人有抱负。”

父亲短短几句话就把山口彻底打败了。山口做不了违背父母的大事，他只能等待，至少可以和宁好好地待上三个月。

第二天放学以后，山口把所有的细节都告诉了宁，他让宁催促她的父母尽快帮她办理居住地转移申请。可宁的反应出奇地平淡，她只是笑笑，什么也没说。

接下来的日子里，山口每天都在追问宁结果到底怎么样？如果宁不回答他，他就神经质地问宁是不是要他留下来。可宁什么都不肯说。

一天晚上，宁和山口又相约在玻璃屋见面。

宁对山口说：“我想永远和你在一起。我们会有几个孩子，会开一家咖啡厅，咖啡厅里整天都在播放我们喜欢的音乐。每次出门的时候，我就用绳子把你的手和我的手系在一起，就算什么都看不见，我们也不会分开。和孩子们一起出门的时候，我们也要把孩子们的手和我们的手绑在一起，这样他们就不会走丢了。”

“如果我们有很多孩子怎么办？”山口问宁。

“我们学那些遛狗的人，在每个孩子身上系一根绳子，你左手拉着孩子们身上的绳子，右手拉着我。”她一边说一边模仿遛狗人的样子，然后假装两只手被绳子拉扯着，踉踉跄跄地向前跑，“你看，我牵着你，你牵着孩子们，就是这样。”她大声笑起来，山口也跟着她一起笑。

“可是你说过，你想和我一起离开这里。”山口说。

“恩，我想。共同世界里的日本一定是透明的，走在路上的时候能够清清楚楚地看到别人，也能够清清楚楚地被别人看到，所以大家一定都穿得特别漂亮。那里的房子也一定是透明的，就和这间玻璃屋一样，从里面可以看到外面，从外面也可以看到里面，从屋子里就能看到外面的蓝天和白云。”宁自言自语地说。

还有一次，宁要和山口假装成水里的两条鱼来考验彼此的默契。她说鱼生活的地方和格拉堤斯很像，迎面相遇的两条鱼虽然看不见对方，但是它们能够察觉到彼此的气息，所以她要试验一下她和山口的默契是否也和两条鱼一样。

宁让山口与她脸对着脸鼻尖顶着鼻尖站着，看着彼此的眼睛。当她开始数“一”的时候，大家就各自沿直线后退一步，一直后退到第三十步时停下。然后再开始数

“一”，大家按原路沿直线各自向前一步，当向前到第三十步时停下，如果彼此都回到了起始位置，而且还是脸对着脸鼻尖顶着鼻尖，那考验就算通过。

“那我们开始了。”宁的鼻尖顶着山口的鼻尖，大声开始喊“一”。山口看着她，向后退了一步，“二、三、四、五”，当数到“五”的时候，他们几乎已经看不见彼此了。山口跟着宁的数字口令，仔细地走每一步以确保自己后退的时候不会走偏。

“三十，停！山口，你听得到我的声音吗？”

“听得到。”

“那我们开始向前喽。”

“好。”

“准备开始。”

山口听见她的声音越来越大，不安的心开始平静下来。

“五！你看到我了吗？”

“没有，你在哪里，我只听得到你的声音了。”

“我也只能听见你的声音，但看不到你。四！”

“我在这里。”

“我还是看不到你，你肯定是走偏了。三！”

“我没有。”

“二！我看到你了。”

“你在哪儿？”

“一！我看到你了，你怎么还没看到我。”

山口使劲地揉了揉眼睛，拼命向前面看，可就是看不到宁。这时突然有一双手从后面捂住了山口的眼睛，山口把这双手拉下来，他转过身第一眼看到的就是宁火红的头发。

就因为宁是一个爱做怪事的人，所以对山口回日本这件事的态度无论怎样，山口都不会意外，可是这次山口错了。

就在一个月后的某一天，宁自杀了。

宁自杀前没有任何征兆，她没有见过山口，也没有任何形式的告别。

在接下来的一个月里，山口反复做着与宁有关的噩梦。每次从噩梦中惊醒，山口就用被子蒙住脑袋，他反复想一定是宁在报复他，一定是。山口的父母曾经向山口解释宁自杀的原因是因为她和父母长久以来的矛盾激化造成的。

“她是一个极其敏感的孩子。”山口的母亲感慨地说。

可是山口不相信。

又过了一个月，山口不再做噩梦也不再纠结宁是不是在报复他，他已经有了足够的理由要离开这个伤心的地方。山口知道宁这辈子一定会做无数件让人感到意外的事情，可唯独没料到她会在这么年轻的时候结束自己的生命。如果她真想这么做，也应该是在她九十岁生日这天，觉得生活异常无聊需要离开的时候才会选择自杀。

在离开格拉堤斯的前一天，山口又去了那个玻璃屋。他要向格拉堤斯的混沌伙伴告别，要向玻璃屋里那些关于宁的回忆和气息告别。山口静静地坐在台阶上，眼睛看着玻璃墙外那些与自己相伴了十五年的灰黑色精灵，看着看着，他突然发现正前方玻璃墙上好像写着些什么，他走上前仔细地看了看，原来是一行写在玻璃上面的字。字是灰色的，和墙外的混沌物体颜色相似，所以需要离得很近才能辨认出来。

这行字是宁留给山口的：你要带着我的灵魂离开这里。

三十三

一个梦

爱伦·坡

在沉沉黑夜的幻影之中
我梦见欢乐已一去不回——
但大白天一个现实之梦
早已让我的心儿破碎。
唉！什么才不是白日梦幻
对他四下张望的眼睛
望周围之物用一种视线
用一种回顾过去的眼神？
那神圣之梦——神圣之梦，

当全世界都在发出吼声，
像一道美丽的光使我振奋，
引导一个孤寂的灵魂。
即使那道光如此遥远，
即使穿夜沐雨又有何妨——
难道它不能更纯洁灿烂
当照着真实的杲杲太阳

山口刚刚来到日本的时候，常常梦到格拉堤斯。

梦里有黑色的混沌，也有宁红色的头发。梦里他向宁讲述这个世界的故事，他说这个世界和他们以前在书里看到的一样。他说他住在东京的一幢高楼里，透过房子的玻璃窗可以看到天上的蓝天和白云还有其他所有的一切。他告诉宁，他喜欢这个彩色的世界，在这个世界里只要加入一个叫作个人潜力保障计划的项目就可以成为一名共同人，成为共同人就能实现自己的理想。他告诉宁，他申请了V项目，他的理想是希望自己永远年轻，只有这样，他们在梦中相遇的时候宁才能够认出自己才不会讨厌他。他告诉宁，他想念黑暗的格拉堤斯，想念混沌伙伴，想念她红色的头发。在梦里山口无数次地想要伸手拉住宁的胳膊，他要留住宁。然后把宁从梦境中带入他的现实世界。可是宁总是安静地看着山口，笑眯眯的不说一句话，既像是在嘲笑他又像是在安慰他……

山口时常在半夜的睡梦中惊醒。他浑身上下被汗水浸的湿透，为了让自己清醒些，他走到阳台上，站在冷风里看着夜空中闪烁的星星，看着看着，两行热泪从他的眼角流淌下来。他闭上眼睛，却看见宁转身离开的背影。

对山口来说，宁是他的一个梦。

对宁来说，格拉堤斯以外的世界是一个梦。

三十四

我告诉山口，我是一个没有远大梦想的人。我的梦就是一张用小愿望和小开心编织而成的渔网，而这些小愿望和小开心也不过就是些生活中的琐碎。我就像一个渔夫，运气好的时候能捕到几条入网的小鱼，运气不好的时候几个月都一无所获。这张渔网就是我的人生，我被它束缚无法挣脱。

我是一个只喜欢音乐的平庸的共同人，好在M计划可以让绝大部分的共同人的价值得到量化，所以我才不至于那么一无是处。

在我三十余年的人生岁月里从来没有遇见过像宁那样的人，你不知道我有多羡慕你。

虽然你现在也生活在共同世界，但你真的像了解格拉堤斯一样了解它吗？

共同人和格拉堤斯人的差异在于精神。

我们的精神要顺应“奉献”，每一个人都要拥有超强的理智，懂得节约资源，管理生活，控制感情。

我们与人交谈时尽量保持微笑和沉默，很少有喜怒哀乐。

我们对待问题有快速分析和解决的能力，所以对他人的意见既不支持也不反对。

我们每个人都有强大的独立个性和思维，我们从小就会在内心深处建立起一座坚固的堡垒。要实现对人最大化的尊重，就必须要建立起一座心灵上的堡垒。心灵堡垒是我们的第二颗心脏，它坚不可摧，是我们在世间生存和游走的基石，是我们思考和前进的动力。我们不需要左右人或被人所左右，我们的精神比以往任何时代的人都轻松、自由、坚强和冷静。

我们不再是那些背负名利、金钱、性欲、阶级等等这些十字架的前代人，取而代之的资源共享才是我们的行为准则。

我们的世界提倡的是“奉献主义婚姻”。共同世界的成年男女只有三种关系：陌生人、伙伴、夫妻。在共同世界里，婚姻关系只是一个补充而非重要组成部分。由于前代人的婚姻关系严重违背了共同精神，所以“奉献主义婚姻”要求所有想要结婚的人能够秉持严谨的态度，在结婚前仔细思考婚前和婚后的人生，尽量减少婚姻生活造成的痛苦和不幸，而离婚则是被禁止的。为了帮助共同人了解婚姻的风险，我们在颁发给结婚申请人的《奉献主义婚姻启示录》里是这样阐述的：

列昂尼多娃说，婚姻的基础是爱情，是依恋，是尊重。

启示：如果你们彼此之间没有爱情，没有依恋，没有尊重，请放弃结婚。

柏拉图说，一个做女人的痛苦是，当她和她所爱的男人有了肉体关系以后，她就很自然地把这种关系视为一种永远，但男人却可以不同，他们可能只会觉得那是生存方式的又一种演绎。正如书上说的：男女之间，在没有婚姻的承诺前，还是保持简单的关系为好，否则，真的没有岁月可以回头。

启示：如果你们彼此将产生婚姻的因果关系认定为肉体关系，请放弃结婚。

塞缪尔说，婚姻的成功取决于两个人，而一个人就可以使它失败。

启示：如果你们彼此不打算违背或者放弃你自己的一部分而投入到两个人的婚姻中，请放弃结婚。

冉拉尔说，人的一生中最要紧的是发现自己，而在婚姻中则是被人所发现。

启示：你准备好将自己的一切袒露给对方了吗？如果有，那你将是共同世界里的异类。如果没有，请放弃结婚。

罗曼·罗兰说，婚姻的唯一伟大之处在于唯一的爱情，两颗心的互相忠实。

启示：你们彼此具备忠实的心吗？如果不能，请放弃结婚。

婚姻动机的产生是基于人类最原始最低级的初衷：欲望和繁衍。如果一个人放弃独自生活——这种高级的生存形式，而坚持选择两个人生活——这种低级的生存形式，那么就有责任担负道德上的双重标准，从而保证共同人的生活不会因为残缺的婚姻而发生倒退。已婚的人终生不得离婚，否则视为犯罪。

我们之所以还没有实施“禁婚”法令是出于对人性基本需求的尊重。尽管共同世界早已认定“婚姻”是一种落后的两性关系，但是我们仍旧希望把它作为一种时代的纪念给予充分的尊重，毕竟它在人类历史上延续了几百万年，让选择它的男人和女人充分理解和感受它存在和消失的意义才是我们的责任所在。

这就是我们的《奉献主义婚姻启示录》，我们没有像你和宁之间的那种感情，独来独往是我们生活方式的最大特点，寂寞对我们来说就是最高级的享受。在共同世界里能够长期在一起的两个人只有“夫妻”，即使这些夫妻之间并不存在爱情，可是他们依然冒着违背共同人精神的风险选择结婚，我想是因为这些人身上或多或少保留了一些前代人的野性，当他们无法适应“孤独”这种生活方式并且无法进入人类下一个高级进化阶段时，他们就会倒退，然后选择婚姻。

三十五

不，遥远，你说得不对。我们的精神世界并不比共同人落后。

我们的身体里流淌着前代人的血液，我们骨子里保留着前代人的情感，我们用彼此的信任代替心灵的堡垒，所以我们热情开朗甚至放浪不羁。

在格拉堤斯的世界里，成年男女的关系可以是夫妻、情侣、朋友、同事、搭档和伙伴。所谓人，只有活在人与人之间才能称为人。我们排斥忧愁、孤僻和狭隘，一个人的脆弱可以被两个人的坚强化解，一个人的孤独可以被一百个人的快乐感染，虽然我们不如共同人聪明，但我们拥有你们无法理解也无法体会的温暖、关怀、亲密和浪漫。

我们的婚姻不需要任何启示录的告诫，我们的夫妻关系来自双方心底里最私密的约定和承诺。

在我们的世界里，即将成为夫妻关系的男女双方和前代人一样，要举行隆重的婚礼。在婚礼上，新郎会问新娘，你爱我吗？

新娘回答，爱。

新郎问新娘，你爱我甚至愿意做我的妻子吗？

新娘回答，我愿意。

新娘又问新郎，你爱我甚至愿意做我的丈夫吗？

新郎回答，我愿意。

新郎说，从今天开始，无论是顺境或是逆境，富贵或是贫穷，健康或是疾病，我将永远爱你、珍惜你直到地老天荒。

新娘说，从今天开始，无论是顺境或是逆境，富贵或是贫穷，健康或是疾病，我将永远爱你、珍惜你直到地老天荒。

就这样，新郎和新娘结为了夫妻。

夫妻在我们的世界里是一个受人尊敬的词汇，它不是人类进化的绊脚石而是催化剂。格拉堤斯人比共同人更加勇敢，因为我们享受热闹充实的群体生活，但也决不害怕孤独寂寞的个人生活。

遥远，我和你的世界不是平行的而是交叉的，它们就像通往同一个目的地的两条路，时而汇合时而分开。我和你原本就是两条道路上的行人，可是我们偏偏相遇了，我和你的世界也因此改变了。

三十六

山口搂着我，轻轻地吻了一下我的额头。尼奥从后视镜里偷窥到我们亲密的举动，阴阳怪气地说："你们真有意思，我记得几天前你们从机场出来的时候好像还是普通朋友，现在竟然成了打情骂俏的情人。"

"我们明天早上就会到 Keukenhof. "尼奥说。

"现在你终于相信我了吧？"山口在我耳边小声地说。

山口轻轻地亲吻着我耳朵后面的头发。我闭上眼睛，专心地享受着山口的嘴唇在我耳边的爱抚。

"我们在那 Keukenhof 待多久？"我问山口。

"想待多久就多久？"山口说。

"什么意思？"我睁开眼睛吃惊地看着他说。

他没说话，再次把我搂进怀里轻轻抚摸我的头发。我没有抗拒，我多么希望这是一场没有终点的旅行，汽车永远不会停下，我永远不会离开他的怀抱。

接下来的时间里，我们没有睡意也不想说话，眼睛眨也不眨，一直看着窗外。外面的景色依然是人造的，可是我们生怕错过任何一个看到意外变化的机会，我们不想错过从共同世界进入真实世界的历史时刻。

天色渐渐暗了下来，尼奥说附近有家小旅店，我们可以在那里过夜，于是他命令汽车减速，又过了十分钟，汽车慢慢地停下来。尼奥又把车向前挪了挪直到位置合适才完全停下。

我和山口把行李从车上拿下来放在地上，然后开始仔细打量眼前的这幢小房子。这是一栋看起来不起眼的小洋楼，外墙涂成了赭石色，只有二层楼，每层楼有四个小窗户，估计不超过八间客房，看起来应该是当地人经营的一个家庭旅店。旅店大门正前方是个小院子，院门没有上锁，推门进去就看见一块绿色的草坪，草坪上竖着一块长方形的红色招牌，上面的荧光灯醒目地闪烁着四个英文字母 HOME. 我们拿起行李走进院子，可是当我踩上草坪的时候，身体突然产生了一种奇怪的感觉，我警觉地把脚缩了回去。草坪的颜色和我在劳先生家看到的一样，都是绿油油的，可是踩上去的感觉完全不同，这里的草坪软软的。我拉住山口叫他停下。

"这是什么？"我问他。

"这是草。"山口说。

"你明知道我在问什么？这些草踩上去感觉很奇怪。"我说。

"这些草是真的。"他俯下身子对着我的耳朵小声说。

"你说什么？"我惊讶地心脏都快跳出来了。

"不信你摸摸看。"他拉着我一起蹲下，让我把一只手的手掌心放到草坪上面，然后按住我的手慢慢向下压，直到掌心感到一丝软软的搔痒。

我用手轻轻地捋起一束绿色的青草，柔软又很有韧性，稍微用力一折，这束青草就断成两截，断裂处流出的绿色汁液发出一股淡淡的清香味道。

"我们走吧。"山口说。

"这里怎么会有真正的草？"我舍不得离开平生第一次见到的真实植物。

"我想我们已经到了 Keukenhof．"山口神秘地笑着说，"我们要找地方住。"然后拉起我朝房屋大门走去。

尼奥这时候也跟了上来。我发现他对草坪的反应很冷漠，似乎早就习以为常。

我们走到大门前，发现门锁住了。我们在大门右上角看到一个小铃铛，尼奥拉了一下铃铛下面的绳子，铃铛响了一阵，不一会儿就从里面走出来一个中年女人。透过大门的玻璃可以看出这是个五十岁左右的胖女人，她一见我们，脸上立刻表现出不悦。她一边磨磨蹭蹭地开门，一边嗔怪尼奥："可恶的尼奥，我刚爬上床就被你们吵醒了，你的客人怎么总是这么不准时。"

看样子胖女人说的是实话。她穿着款式艳俗的红色睡衣，眼睛无精打采，走起路来恍恍惚惚，确实是睡着后被人强迫叫醒时昏昏沉沉的样子。

"可爱的莎拉，太对不起了，我们在路上耽误了。"尼奥热情地走过去在胖女人的脸颊上狠狠地亲了两口，这两口亲吻的效果如同在熟睡人的头上淋了一桶凉水，胖女人立刻变得精神抖擞。

这个叫莎拉的女人顿时眉开眼笑，对我们的态度也变得客气起来，"反正今天也没什么生意，到现在也就你们两个客人，跟我进来吧！"

胖女人走在前面带路，她松松垮垮的红色睡衣微微透明，隐约能看到里面左右晃动着的硕大臀部。她把我们领到前台替我们做了身份登记，然后问我们要不要吃点东西。我和山口确实有些饿了，于是就请她准备些鸡蛋、面包和咖啡。旅店的大堂被分割成为两个区域，一个客厅一个餐厅。餐厅里只摆放着一张干净的餐桌。不到十分钟的功夫，胖女人就把吃的东西端到餐桌上，紧接着她走到客厅角落的茶几旁边，茶几上放着一个电唱机，胖女人打开电唱机，在上面放了一张黑胶唱片。

我和山口都没想到外表艳俗的胖女人提供的服务如此周到细致，不禁对她增添了些许好感。

我和山口一边品尝简单美味的晚餐，一边欣赏电唱机里 Aretha Franklin 的歌声。刚才还昏昏欲睡的胖女人，此时正强打精神招呼我们这两个深夜来访的客人，可坚持了一小会儿她就又忍不住开始在沙发上打起盹来。尼奥不知道从哪里突然冒了出来，他一边喝啤酒一边跟着音乐摇摆身体，脸上的那圈细铁链看起来也没有之前那么可怕了。尼奥对着我和山口放声歌唱，胖女人被尼奥的歌声唤醒了，她看着尼奥不时地发出咯咯的笑声。尼奥走到胖女人跟前，拉起她高大丰满身体来到客厅中央，两人随着音乐一起跳起舞来。我和山口被他们的热情感染，心情也跟着快乐起来，一路上的奔波困顿在这一刻得到了释放。待我们填饱肚子又尽情地欢愉了一阵后，整个身体只剩下疲倦，于是我们跟着胖女人上了二楼进了各自的房间准备休息。

这个旅店的房间真好，它和我以前住过的都不一样。床上铺的是格子图案的床单，窗户上挂的是白色的窗帘，淡黄色的墙壁上挂着一幅正方形的画，画里有一只猫和一只狗。房间里还有一张梳妆台和一张躺椅。我坐在躺椅上细细回味刚才触摸青草时的感觉，一切都像是在做梦。

明天将会是怎样的一天？我和山口将一起踏进那个叫作Keukenhof的真实世界。不，我们已经在Keukenhof了。

我兴奋得头发晕，今晚注定将是一个不眠之夜。

这时突然有人敲门。

“是我。”

是山口的声音，我的心怦怦直跳。我犹豫了一会儿，把门打开了。

山口一进来就把我搂进了怀里。我没有反抗，也许我们彼此一直都在期待这一刻。我忘记了我们是如何相识的，忘记了他是一个日本人，忘记了他是一个六十岁的老人，忘记了他来自格拉堤斯。我只记得我们在樱花里相拥，只记得关于他和宁的故事。我爱上他了。

“明天我们就能看到真实的世界了。”我说。

“是的。”山口说。

“然后呢？”我继续问。

“没有然后？”山口说。

“我们到了Keukenhof以后呢？”我抬起头看着他的眼睛，用双手捧着他的脸。

山口没说话。

“我们能在一起吗？还记得那个赌约吗？我输了，我需要你。”我问他。

“我已经六十岁了。”山口说。

“你加入M计划不就是为了解决这个问题吗？”我笑着对他说。

“可是我在日本，你在中国。”山口温柔地冲我笑了笑，一只手用力地抚摸我的头发。

“我们可以在Keukenhof生活。”我激动地说。

“你确定自己就一定会喜欢Keukenhof？”山口说。

“就算Keukenhof不好，我们总还有一个地方可以去，比如中国或者日本。”我满怀信心地说。

“也许吧。”山口把我从他的怀里推开，然后用双手捧起我的脸。

“你喜欢我吗？”我看着山口的眼睛说。

“喜欢，从第一次见到你的时候就喜欢。”他说。

“真的吗？”我激动地看着他。

“真的。”他温柔地看着我。

“真的喜欢吗？”我又问了一遍。

“真的喜欢。”他又回答了一遍。

“共同人里还会有和我们一样的人吗？”我把耳朵贴在他的胸口上，于是听见了来自心里的声音。

“不知道，也许没有，也许有很多，也许只有我们两个。”他的嘴唇触碰到我的头顶，他用牙齿轻轻咬着我头顶上的头发。

我们都笑了。

我用胳膊揽住他的脖子，手掌使劲儿摩挲着他的后颈，手指轻轻地拉扯着上面绒毛一样的头发。

他再次捧起我的脸，然后仔细亲吻着我的额头、眼睛、眉毛、鼻子、嘴唇和下巴。

“我想让你做我的朋友、情人或者……”我平生第一次做了违背共同人精神的事情。

“今晚你愿意和我就这样一直静静地待在一起吗？”山口握着我的手说。

“非常愿意。”我有些害羞地说。

“你爱我吗？”我问山口。我第二次违背了共同人精神。

他想了一会儿，说：“爱！”

“是真实的爱吗？”我又问。

“也许是。”他回答我。

我不在乎我是不是山口正在寻找的真实爱情，因为我确定我已经爱上他了。

山口抱着我坐在那张宽大的躺椅上，我们聊了许多。他说自从认识我以后老是做些奇怪的梦。我问他梦到了什么，他没有告诉我。我给他念了很多诗，有普希金的、狄金森的、泰戈尔的。我们一起嘲笑共同世界的愚蠢，嘲笑共同人不会说话就会傻笑。他向我说起他在共同世界里如何努力挣扎，最终成为一名设计师，他赞叹日本是一个多

么不可思议的地方。我告诉他我非常羡慕他在完全不同的世界里生活过，羡慕他有过宁那样的朋友

“你累吗？”山口说。

“不累。”我说。

我半睡半醒，迷迷糊糊中隐约听见山口说：“如果明天我离开你，你会难过吗？”

“我不难过。”我嘟囔着回答他。

“我想带你一起走。”山口小声地说。

“去哪儿？”我闭着眼睛问他。

“跟我回家？”山口说。

“你的家在哪儿？”我不确定自己是否仍旧神志清晰。

“在混沌世界。”山口的声音越来越小，渐渐地一点儿也听不见了。

第二天醒来，我发现自己躺在床上，身上没有任何异样，连上衣口袋里昨晚装进去的青草标本也没有丝毫改变。想起自己昨晚轻浮的行为，我感到既甜蜜又羞愧。我幻想早上醒来时山口躺在身边的情景，那会是一种怎样幸福的感觉？可惜一切都没有发生。我伸了一个懒腰，瞥见那张宽大的躺椅还在原来的位置，只是上面多了一个蓝色信封。

看见信封的一刹那，我就明白了，关于山口的一切都只不过是一场梦。

三十七

遥远，

请原谅我的突然离开。

这几天我们虽然一路相伴前往 Keukenhof，可是我们的灵魂却始终停留在过往的世界。我和你的世界曾经天各一方，如今又合二为一。你让我想起了宁，和你在一起的日子似乎总有一种力量在牵引着我帮助你寻找一个新的世界，同时这股力量又牵引着我自己回归到过去的世界。

我想我的世界永远都停留在了与宁曾经生活过的格拉堤斯，而你的世界只有你自己才明白到底在什么地方。

我衷心希望你在梦寐以求的 Keukenhof 里看到真实的一切。至于我们的共同世界，它是一个伟大的科技创造，是人类发展的顶峰。虽然它是那么冰冷、残酷、虚假、苍白，但我们在这里相识又在这里给予彼此新的认识价值和希望。

当你看到这封信的时候，我已经在回去的路上了。在这次旅行之前，我递交了退出M计划的申请，所以我很快就不再是一个合法的共同人了，因此我也很快就不再属于日本。我要回到我出生的地方，格拉堤斯，我要在那里等待衰老和死亡。我计划在格拉堤斯开一家咖啡馆，偶尔招待一下来自共同世界的朋友。离开日本我可能活不了太久，但是即便剩下的时间很短暂，我也渴望再重温一段有朋友、有拥抱和有温度的日子。

在我们一起旅行的这些日子里，我相信你应该已经有点儿喜欢上了我。还记得我们曾经打过赌吗？你昨天晚上告诉我你输了。我高兴极了，我知道你一定会需要一个像我这样的人。请原谅一个六十岁老人的自以为是……为了报答你对我的喜欢，我有一个礼物要送给你，这个礼物就是你可以在Keukenhof生活两年。在这两年时间里，你可以在中国和Keukenhof之间自由往返。为了不让你感到内疚，我不会告诉你这个礼物是怎么来的。你不要担心我，对一个六十岁的老人来说，没有什么是不能放弃的。

你还年轻，你有权利享受这个世界给你的一切，哪怕你真的一无是处，也请牢记你有权利去想去做。

共同世界不是一个用骗局所掩盖的世界，它是一个需要努力奉献才能够生存下去的残酷世界。也许有一天你也会放弃M计划，放弃做一个共同人，但是我相信那时候的你有勇气和能力承担一切后果。如果有一天，你愿意来格拉堤斯看我，我会特别高兴……

相信你很快就会到达Keukenhof了，我就不再多说了。

对了，我还要对你说一句话，就是宁曾经对我说过的那句话：

带着我的灵魂去看看那个新的世界。

祝你一切顺利。

你的朋友，山口秀明

结尾

我终于来到了梦寐以求的真实世界，Keukenhof.

Keukenhof是一个比我想象中要小得多的地方，它只是地球上一个占地一千四百英亩的花园，一个小小的世外桃源，一个小小的天堂。

Keukenhof的夜晚有米黄色的月亮和闪闪发光的星星。这里的星星和月亮每天都不一样，星星有时候多有时候少，月亮有时候是白色，有时候是淡黄色。最恐怖的是雷暴雨，我目睹过一次雷暴雨，天空被一条利刃般的闪电斩断，然后就是轰隆隆的巨响，接着就是大颗的雨滴落到地面上。先是有一滴雨落到我的手掌心，接着又是一滴，然后无数滴雨密集地打在我身上。我、雨、雷和闪电奇妙地融合在一起，这就是真实世界里大自然的魔术。

我在 Keukenhof 看到一些人。我对他们为什么来到这里没有任何好奇心，因为他们一定和我一样有自己的信念。这里没有房子，于是人们就各自住在自己的帐篷里。帐篷是白色的，很小，只容得下一个人的身体。这些帐篷分布在野外各处，到了晚上就会亮起白色的灯光，它们忽明忽暗，像无数颗会发光的珍珠。我也有自己的帐篷，但我舍不得错过任何观察真实世界的机会，所以很少待在帐篷里。

我在 Keukenhof 看见许多河流小溪，于是我开始模仿书里面的前代人。我脱掉鞋子，把脚放进河流里蹚水玩儿。水里的小鱼经常触碰我的脚心，冰冷的河水时常让我的脚刺痛。我觉得这个游戏并不好玩儿，但就是要试一试。因为我喜欢与自然接触，喜欢感受前代人的生活。

在 Keukenhof 里看到最多的就是我曾经幻想过无数次的郁金香和其他各种鲜花。我触摸过鲜花，花瓣嫩嫩的，花蕊里包着露珠。这里的花和共同世界里设计出来的花完全不同。这里的玫瑰有坚硬的刺，它锋利到能够把人的手扎出血。当我的手第一次被玫瑰花上的刺扎出血的时候，我的反应不是疼而是快乐，于是我用玫瑰花上的刺在自己的手指上又刺了一下，因为我要记住这种快乐。

我把历史上所有描写玫瑰的文章和诗歌都找出来了，我要确认我看到的花就是真实的玫瑰。莎士比亚说玫瑰不叫玫瑰，依然芳香如故。我凑到一支玫瑰跟前使劲用鼻子闻了闻，直到我确定那就是真正的花香，它香甜得像我早上吃过的蛋糕。我还很喜欢另外一种叫不出名字的花，它的花瓣像一排排带颜色的小爪子整齐地向花蕊聚拢，它有白色的、黄色的和紫色的，而且香味跟玫瑰花完全不同，轻轻的，淡淡的，甚至还有一丝苦味儿。

因为这些花的缘故，我特意阅读了屠格涅夫的《一朵小花》。“于是你摘下了那摇摆着的花茎，那在你细心的手上，带着缓慢的微笑，把这朵被你毁掉了的小花插在你的纽孔上。”因为书里的这段话，我萌生了一个大胆而冲动的想法，我也要折下一朵小花，然后按照书里说的把它插在自己衣服的纽扣上。我低头寻觅，突然发现一朵很小的白花，这朵小白花孤单地被周围大朵艳丽的鲜花掩盖着，它像是早已等候多时，只有我的采撷才能实现它存在的价值。我蹲下去用手轻轻地一揪，小白花便轻易落入手中。原来花是如此脆弱，如此轻易地被得到。我攥着这朵脆弱的白色小花，站起身来，把它插入了上衣的扣眼里。

在 Keukenhof 的时候，我曾长久地凝望一望无垠的花海直到感觉无法呼吸，过后我又会为自己这种过分激动的状态感到可笑。我看到一些可爱又可怕的动物。每当我叫不出它们名字的时候，就会在随身携带的电子资料库里查找，然后把查到的动物名字一一记录下来。我会用汉语里的形容词把它们进行分类，比如猫、松鼠、鹿、熊是可爱的动物，蛇、鱼、老鼠是可爱又恐怖的动物。

在 Keukenhof 生活的时候，我常常想起山口。

我想告诉山口，我履行了对你的诺言。我要把 Keukenhof 当作唯一一个我和你的世界。我带着你的灵魂穿越花海蹚过河流，我和你一起淋过雨堆过雪人，我们已经一起度过了第一个春夏秋冬。

不过山口是一个奇怪的人，他也许没有告诉我另一种真相的可能性，比如 Keukenhof 也是人造的，也是共同世界的一部分。也许整个世界按照不同的主题被设计成了几部分，不同的人在不同的主题世界里生活，共同世界是以奉献为主题的世界，格拉堤斯是以混沌和自由为主题的世界，Keukenhof 是以真实为主题的世界，或许还有其他无数个我们不知道的主题世界存在着。

我愿意赋予你和世界无数种可能性，不论它们是好是坏，因为这是我学会思考的结果。

无数的困惑、怀疑、思念还有爱让我再也无法抑制胸口的疼痛，我忍不住放声大哭。因为你不在这里，因为我不知道哪里才是我和你的世界。